DANGER EN RIVE

DU MÊME AUTEUR

L'Un pour l'autre, Galilée, 1999 ; Folio, 2001

Lettre d'une amoureuse morte, Flammarion, 2000 ; Folio, 2002

Les Fleurs du silence, Flammarion, 2001 ; Folio, 2004

L'Ange de la dernière heure, Flammarion, 2002 ; Folio, 2005

Lumière invisible à mes yeux, Éditions Léo Scheer, 2003

Le Rêve de Balthus, Fayard-Léo Scheer, 2004 ; Folio, 2007

Le Cercle de Megiddo, Éditions Léo Scheer, 2005 ; Le Livre de Poche, 2007

L'Ombre des Autres, Éditions Léo Scheer, 2006

Journal intime, Éditions Léo Scheer, 2007

Suite de la bibliographie en fin de volume

www.leoscheer.com

NATHALIE RHEIMS

DANGER EN RIVE

roman

Éditions Léo Scheer

Pour Jean-Michel D.

Longtemps, je me suis perdue. Depuis trois semaines, tout m'est progressivement revenu. Ma mémoire était en miettes, brisée en mille morceaux, j'ai commencé à retrouver mes souvenirs mélangés comme dans un puzzle, à les trier, à les remettre en place. Il y a cinq ans, j'ai tout quitté, fuyant Paris ; depuis quelques jours, j'ai compris la raison de ma fuite. Je ne suis plus très loin. Bientôt, je finirai par comprendre ce qui s'est passé. Pour atteindre une vision claire de ce qui m'est arrivé, pour être sûre d'avoir enfin retrouvé le bon chemin, de bien reconstituer cette histoire, je dois me plier à un ultime exercice. Il faut que je sois capable de la raconter avec la plus grande précision, en repartant du début, en commençant par le premier jour.

*

Depuis qu'il est entré dans ma vie, Paul a pris l'habitude de me réveiller à l'aurore. Il pourrait le faire avec délicatesse, avec tendresse, il se glisserait dans mon lit pour me réchauffer, attendant tranquillement que j'ouvre les yeux. Il faudrait que je lui apprenne à respecter ces quelques secondes d'un demi-sommeil pour entrer en douceur dans une nouvelle journée. Mais il n'en est rien. Telle une brute, il m'envoie sa patte dans la figure, toutes griffes dehors, commc pour me signifier que ça suffit, qu'il est déjà bien aimable d'avoir autant attendu et qu'il est temps que je m'habille pour l'accompagner dans sa promenade matinale.

Tout cela peut sembler absurde. Ainsi, bien que Paul soit un chien, je lui ai aménagé ce qu'on appelle une chatière dans la porte arrière de la maison, afin qu'il puisse aller et venir à sa convenance. Je ne sais pas pourquoi il n'y a pas d'autre mot pour désigner ce clapet, dès lors qu'il s'agit d'un chien et non d'un chat. Est-ce la raison pour laquelle Paul refuse de l'utiliser ? Par une sorte d'orgueil cynophile mal placé. Il est vrai que les chats le rendent fou. C'est plus fort que lui. Nul doute qu'il n'aimerait pas qu'on le considère comme un chat. En fait, ce n'est peut-être pas ça, chez lui, mais plutôt une peur instinctive des voitures. Nous vivons ensemble dans une campagne isolée du pays d'Auge, près de Beaumont, mais c'est impressionnant le nombre de petites routes qui la traversent.

J'ai acheté ce joli pressoir à colombages avec mes droits d'auteur. J'en suis assez fière. À l'époque, il y a plus de vingt ans, c'était encore abordable. Ce n'est cependant pas donné à tout le monde. Je suis écrivain. Je préfère décliner ce mot au masculin, mais pas question de polémiquer, écrivain/écrivaine, les deux me vont. Enfin, écrivain ? Je l'étais, devrais-je dire, car depuis cinq ans, je n'ai pas écrit une seule ligne.

C'est ainsi depuis que j'ai quitté Paris, abandonné mon éditeur et tout ce qui pouvait me faire penser au milieu littéraire. Plus de rencontres avec mes lecteurs et lectrices, plus de salons du livre, plus d'attaché de presse, de rendez-vous avec des journalistes.

Ce cottage est devenu un véritable refuge, semblable à un abri troglodyte qui aurait fait de moi une femme des cavernes. C'est là que je vis désormais, avec mon chien, au milieu d'un champ qui s'étend à perte de vue, sans clôture propre à délimiter le terrain qui m'appartient. C'est parfois une menace pour ce petit animal qui aime tant courir dans tous les sens. Les routes, même si elles ne sont pas très fréquentées, restent dangereuses, la sobriété n'est pas la principale qualité des conducteurs, par ici.

De voiture, je n'en ai pas. Je vais à pied faire mes courses chez l'épicier du village. Je me suis aussi découvert une passion pour le jardinage, je fais pousser des légumes et des fruits au gré des saisons. J'ai même construit une serre pour les agrumes et les fleurs fragiles.

Je termine tant bien que mal mon premier café, et Paul, tel un Sioux, ne cesse de danser autour de moi pour me signifier son impatience. Je lui mets son collier, sa laisse et nous voilà partis pour notre immuable rituel du matin. Une marche, chaque jour, de 8 heures à 9 heures, et, en fin d'après-midi, une deuxième de 17 heures à 18 heures. Il tire sur sa laisse à me décrocher l'épaule, mais il s'en fiche, il s'arrête pour pisser, puis hume chaque brin d'herbe, chaque arbuste qui surgit sur le chemin.

Ces promenades quotidiennes sont pour moi l'occasion de me confronter au désordre de mes pensées. Je croyais, au début, qu'ayant tout largué, elles seraient au repos. Ce fut une surprise de découvrir que, sans raison, elles se bousculaient dans ma tête, créant une confusion que rien ne justifiait. Je n'avais plus aucun projet, persuadée que j'avais fait le tour de tout et qu'il ne me restait plus qu'à me laisser vivre. Eh bien non, elles continuaient à m'assaillir et ressemblaient à Paul quand il s'agite autour de moi.

Désormais, ça va un peu mieux. Je parviens à les canaliser, toutes ces idées, elles n'ont plus le don de me submerger. Je fais comme avec Paul, je les laisse entrer, une à une, et les oblige à rester immobiles. Assises. Sages.

Aujourd'hui, lundi 15 avril, je suis de mauvaise humeur dès le matin. C'est à cause de Simon. Qu'est-ce qui m'a pris, à l'époque, de laisser entrer ce type dans ma vie. Rien que d'y repenser, la honte m'envahit.

J'ai croisé Simon, comme tant d'autres, à l'occasion de la sortie d'un roman. Rédacteur en chef d'un magazine mensuel, il avait demandé un entretien à mon attaché de presse.

Pendant plus d'une heure, il m'a posé des questions sur l'écriture, sur mes livres, sur moi. Oui, c'est surtout ça qui l'intéressait : moi, mon enfance, mes parents, ma famille…

Ses yeux noirs luisaient autant que ses cheveux d'un brun suspect. Je me sentais mal à l'aise, il ressemblait à Christopher Lee, on aurait dit un acteur de l'époque du muet. Seulement, il n'en avait que l'apparence, car il parlait, il parlait, tout en ne cessant de me fixer, puis, après une grande respiration, il plongeait, en un instant, dans un état méditatif. Quelle purge !

Je me suis levée, prétextant un autre rendez-vous. Le soir en rentrant chez moi, j'ai découvert, devant ma porte, un gigantesque pot d'hortensias, comme si ces fleurs étaient faites pour être mises en cage. Je n'aime les fleurs qu'au-dehors, dans des jardins. J'ai donné celles-ci à ma voisine qui a semblé enchantée de ce cadeau. Bon débarras.

Le lendemain, un mail m'attendait sur mon ordinateur, me demandant si j'avais bien reçu sa délicate attention. Je l'ai jeté dans la corbeille, le renvoyant aux oubliettes. Le piège s'était pourtant refermé sur moi. Je n'ai jamais compris comment, ni pourquoi.

J'ai quand même fini par réussir à couper le lien. Un miracle : plus de nouvelles. Aujourd'hui, hélas, après toutes ces années, je découvre un message de lui, au milieu des publicités qui envahissent mon courrier. Il veut me revoir. Je lui écris : « Mais enfin ! Simon ! pour quoi faire ? — Juste pour te revoir, ma douce. » Sa réponse m'est insupportable. D'ailleurs, je ne comprends même pas comment je peux, encore maintenant, évoquer ce personnage dont je ne me souviens pratiquement pas. Mais voilà, c'est ainsi, je dois raconter cette histoire dans ses moindres détails, et il en fait partie.

C'est surprenant que la mémoire, qui m'avait abandonnée, me revienne par l'entremise de ce personnage que j'aurais préféré effacer de mes souvenirs. Comme si passer par Simon pouvait atténuer le choc que représente l'irruption du passé chez une personne amnésique.

Ça me revient : à l'époque, je lisais encore des magazines féminins, en particulier chez le coiffeur. Je suis tombée sur un article où il était question des comportements à la mode chez les adolescents, pour rompre une relation, surtout quand on est englué dans la toile des réseaux sociaux. Ça s'appelle le « *ghosting* ». Cela consiste à casser avec quelqu'un sans donner la moindre explication, puis à se rendre injoignable. C'est vrai, finalement, Simon n'est qu'un fantôme, mais le premier à ressurgir dans ma tête, sans doute par la grâce de son insignifiance.

À l'endroit où, d'habitude, je fais demi-tour, dans un léger virage, après l'église, là où la route plonge vers la vallée d'Auge, il y a un panneau auquel je n'avais pas fait attention. Au milieu d'un triangle bordé de rouge est inscrit : *DANGER EN RIVE.*

Pour moi, le danger, c'est d'abord la montée en puissance des réseaux sociaux, qui n'a pas été étrangère à mon désir de prendre le large.

Les gens qui m'entourent ne cessent de me démontrer qu'aujourd'hui il est impossible de vivre et surtout de réussir sans Facebook, Instagram ou

TikTok. La presse est mourante, la télévision et la radio, selon ces éminents conseillers, ne font plus vendre un livre. Il est temps de se réveiller, de s'adapter à ce nouveau monde.

Il faut, avant tout, laisser le lecteur pénétrer dans l'intimité de l'auteur, chez lui, dans chaque pièce de son appartement. Désormais, ce qui est écrit dans un roman ne suffit plus. On doit exister sur YouTube et autres applications virtuelles, où les réfractaires au voyeurisme sont tous appelés à disparaître. Pour moi, Instagram a des allures de club échangiste. Ce que je découvre surtout, sur ces plateformes, ce sont des êtres ivres de narcissisme, s'empressant de mettre en ligne le moindre petit article sur eux, de reproduire le moindre commentaire favorable, comme pour montrer qu'ils en ont plus que le voisin. Pour moi, écrire et publier relèvent toujours d'un acte sacré et seul le dieu des mots a le pouvoir de confier à ses apôtres la façon de les faire exister. Encore faut-il que la mémoire soit en état de marche, ce qui n'était plus le cas chez moi, jusqu'à ce matin.

Après m'être levée, d'habitude, j'ouvre machinalement mon ordinateur, sorte de vestige de mon ancienne vie, il ne me sert pratiquement plus à rien. J'ai arrêté d'écrire et les gens que je fréquentais autrefois ont fini par se lasser de ne pas avoir de réponse. Au fur et à mesure que je m'éloigne d'eux, à leur tour, ils ne me donnent plus que très rarement de leurs nouvelles.

C'est vrai que je n'en cherche pas non plus. Je ne sais pas ce qui, tout doucement, m'a entraînée dans ce coin de bocage pratiquement coupé de tout. Paul me fait sa célèbre scène de diva lorsqu'il me trouve trop lente. Quand je lui mets son collier, il fait des bonds de cabris pour me signifier son excitation.

Il gèle encore en ce début de printemps, mais ce matin, un soleil rose donne à notre promenade un côté irréel. Les chiens sont la faillite des horlogers. Vivre avec l'un de ces animaux, c'est savoir, à la minute près, l'heure du jour ou de la nuit, leurs rituels sont immuables et on finit par se demander qui est le véritable maître des horloges.

Paul s'est assis comme s'il lisait dans mes pensées. Il veut, lui aussi, remonter dans mon souvenir et ce deuxième miracle se réalise, je le revois, je me revois. Je l'ai trouvé sur le quai de la Mégisserie, à Paris, dans une boutique qui s'appelle *La Perruche Bleue*. Je suis entrée là par hasard, sans idée préconçue. Dans une cage en verre, j'ai vu un chiot tout roux, de la taille d'une petite peluche. La vendeuse m'a affirmé qu'il ne grandirait pas beaucoup, car il s'agissait d'un *shiba inu*. Je n'avais aucune idée de cette race, mais j'ai compris que *inu* voulait dire « nain ». Ce qui m'a plu, c'est que quelqu'un qui m'aimait ait pu l'acheter pour me l'offrir.

Le soir même, il est venu dormir avec moi, dans mon lit. Ainsi, j'ai pu commencer à lui réciter des fables de La Fontaine, celles qu'il pourrait comprendre, comme *Le Renard et les Raisins.* Entre-temps, il a pris dix kilos, m'accompagne partout où je vais, et développe un goût prononcé pour les événements mondains. Au fond, il est très différent de moi. Mais je l'adore, je peux lui parler, lui dire tout ce qui me passe par la tête, je vois bien qu'il m'écoute, même s'il ne me répond pas, je sens qu'il me comprend.

Je suis toujours devant le panneau *DANGER EN RIVE*, tandis que Paul se précipite pour célébrer ce nouvel endroit propice. En y repensant, un vague souvenir me revient. J'ai déjà aperçu un tel panneau, il y a très longtemps, avant de commencer à écrire. Je me souviens que je m'étais mis en tête d'en faire le titre de mon premier livre. Mais finalement, ça ne collait pas avec le sujet. L'apparition de cette mise en garde, des accotements mal stabilisés de la route ont fini par me troubler, comme s'il s'agissait d'un sombre présage.

Dès mon retour à la maison, je me précipite sur Wikipédia pour en savoir plus. Lecture très décevante plutôt destinée à un élève des Ponts et Chaussées. Tout le charme poétique de cette expression disparaît. J'arrête la lecture pour préserver le mystère : quel danger, quelles rives ? Je repousse toutes ces images techniques et tente de retrouver la simple magie des mots.

La nuit est tombée brutalement. Je sors ramasser quatre bûches, rangées sous l'escalier extérieur, et je les mets à sécher près de la cheminée. Je fais attention à ce que le feu ne s'éteigne jamais complètement. Dès que je reviens de la deuxième promenade, je remue les braises sur lesquelles je dépose les bûches rentrées la veille.

Je m'installe alors dans mon vieux fauteuil, face à la cheminée. Paul vient vite me rejoindre et se glisse à côté de moi, pour que je puisse lui caresser la tête, surtout les oreilles, au poil particulièrement doux.

Chaque soir, je me délecte de ce moment suspendu. Aujourd'hui, pourtant, je continue à ruminer. Un drôle de pressentiment. Ce début de retour de ma mémoire me perturbe. Devant la beauté des flammes, je prends conscience que tous ces objets qui m'entourent et me relient au monde ne me servent plus qu'à être envahie.

J'ai souvent caressé l'idée de résilier tout abonnement et de me débarrasser de tous ces appareils.

Cette seule pensée me fait beaucoup de bien, mais je mesure le temps qu'il faudra y consacrer pour y arriver, et je suis rapidement découragée. Je laisse les choses croupir jusqu'à ce qu'elles tombent sous leur propre poids.

Pour me remonter le moral, je pense au village, près de la maison. Je suis heureuse qu'il soit là, et que, contrairement à beaucoup d'autres, il soit resté préservé, comme si une bulle invisible l'avait protégé de toute modernité. Ceux qui voudront encore maintenir un lien avec moi n'auront qu'à m'écrire, et cela vaut dans l'autre sens, à condition de trouver encore des gens avec qui correspondre. Je me dis que demain, j'irai chercher une ramette de papier, des enveloppes et des timbres. Cette perspective me réjouit, c'est peut-être une autre étape de ma vie qui commence, alors que je pensais en avoir fini. Il est vrai que je croyais ne plus me souvenir de rien, alors que ce soir, des bribes me reviennent.

Je vais à la cuisine préparer une soupe de légumes. Paul me suit en remuant la queue. Il sait qu'il aura, au cours du dîner, un de ces petits biscuits en forme d'os dont il raffole.

Je traverse une nuit agitée, accompagnée par des hululements de chouette. Tout se passe comme dans un film de seconde zone où l'on insiste lourdement auprès du spectateur pour le prévenir qu'il va avoir très peur. Je me rendors quelques minutes, puis je me réveille en sueur, la gorge serrée comme par une main. Je manque d'air, mes poumons semblent se remplir d'un liquide épais. Je me lève à plusieurs reprises pour reprendre mon souffle.

Roulé en boule, Paul, à l'inverse de moi, dort tranquillement sur sa couche. Loin de partager mes angoisses, il prend des airs de renard rassasié après un bon repas. En fait, je me rends compte, en le regardant si paisible, que je suis folle de ce petit chien qui devient l'épicentre de ma vie. Pitoyable, pour certains : l'animal a pris, chez moi, la place autrefois occupée par les hommes.

Cela fait bien longtemps que je me fiche de ce que les gens peuvent penser. Depuis une éternité, dans ma vie, je n'ai plus voulu tomber amoureuse.

J'ai tout fait pour me libérer de ces attaches qui me sont apparues, au fil des années, comme des entraves.

Je ferme les yeux, et je repense à la possibilité d'une intrusion via mon ordinateur par n'importe qui, me renvoyant à des souvenirs minables, à une image de moi que je déteste. Dès qu'on essaye de faire des choses, on se heurte à la bêtise sous toutes ses formes. Les souvenirs n'en manquent pas, je l'avais aussi oublié. Depuis longtemps, j'ai décidé de ne plus dépendre de rien ni de personne. J'efface.

Quand je tourne la tête vers les lignes fluorescentes de la pendule, je découvre qu'il est déjà 8 heures. Je me lève en sursaut. Pour une fois, Paul dort encore, et c'est moi qui le réveille en lui soufflant sur la truffe. Il ouvre ses yeux de Japonais, leur couleur est particulièrement orange ce matin.

Il monte sur le lit pour me regarder un long moment, comme s'il avait besoin de temps avant de me reconnaître, puis il saute en se secouant comme un possédé, et le rituel reprend son cours.

Pendant que mon café s'écoule, goutte à goutte, je fouille distraitement dans le fond d'un placard et, derrière des tasses, je découvre un vieux paquet de cigarettes, abandonné là depuis des années. J'ai arrêté de fumer le jour de mon emménagement dans cette maison, cela correspondait à mon choix de vivre au grand air. Tirer sur des clopes à longueur de journée, ça ne va pas avec la beauté du paysage, avec le parfum des fleurs. Ça n'a pas été facile, mais cela donne la mesure de ma détermination à changer de vie.

Quand je me suis installée au Vieux-Pressoir, j'ai fait quelques travaux de peinture, réaménagé la salle de bains et la cuisine. Il y a deux chambres, l'une au rez-de-chaussée, l'autre à l'étage, celle que nous occupons, Paul et moi. L'ensemble est devenu clair et harmonieux, à l'image de l'évolution de mon cerveau.

Les sols sont faits de vieilles tomettes d'un ocre terre de Sienne délavé, J'aime marcher pieds nus pour sentir à la fois la fraîcheur et la douceur de cette pierre polie par le temps. Je ne sais pas pourquoi, je garde cette deuxième chambre au rez-de-chaussée. On dit que c'est une chambre d'amis, mais justement, je n'en ai plus. En réalité, je ne sais pas quoi faire de cette pièce et cela me fatigue d'y penser.

Le paquet de Marlboro me dit :

« Allez ! Juste une petite clope, une taffe quoi, qu'est-ce que tu risques ? »

Je range immédiatement ce démon tentateur au fond d'un tiroir.

C'est parti, Paul et moi, nous marchons sur notre route fleurie comme portés par une chanson de Charles Trenet. Les primevères font leur apparition, bientôt ce sera le tour des jonquilles. Paul me regarde, il voudrait que je le détache, afin qu'il puisse gambader au milieu de toutes ces odeurs qui l'enivrent.

Je regarde autour de nous. Personne à cette heure-ci. J'essaye d'écouter au loin, s'il n'y a pas un bruit de moteur. Rien. On n'entend que le chant des oiseaux. J'hésite, mais l'insistance de Paul devient impérieuse. Je lui dis :

« Bon, je vais te détacher, mais si tu ne fais pas attention aux voitures, ce sera la dernière fois. »

Il me répond :

« D'accord, d'accord, c'est promis. »

Je lui laisse son collier avec la médaille où sont inscrits son nom, mon numéro de portable et mon adresse. Je me dis qu'il sert au moins à ça, ce téléphone devenu inutile. Je décroche la laisse. Il part en courant, comme s'il savait exactement où aller, comme si tout son cirque avait un but secret.

Il court si vite que je le perds rapidement des yeux. Après ma nuit d'angoisse, je n'aurais jamais dû le lâcher. Maintenant, mon inquiétude remonte à la surface et je m'affole sans véritable raison. J'accélère le pas et c'est alors que je me souviens du panneau aperçu la veille avec son *DANGER EN RIVE.*

Mon chien court vers moi et se met à japper, comme s'il voulait me prévenir de quelque chose. Il se remet à courir, je le suis. Je découvre alors un véhicule à l'arrêt, juste devant le panneau.

De couleur bleu nuit, cette voiture a légèrement dérapé sur le bitume. On distingue des traces de pneu, comme si, avant de s'arrêter, le conducteur avait donné un brusque coup de frein. Une roue arrière est suspendue dans le vide. Je commence à comprendre le sens de l'accotement mal stabilisé.

Paul tourne autour de la voiture comme un Indien de western autour d'une diligence. Je décide de profiter de la situation pour lui accrocher sa laisse. En approchant, pour tenter de voir à l'intérieur du véhicule, je pose une main sur le capot et découvre qu'il est encore chaud. Cette voiture n'est pas là depuis longtemps, ça vient d'arriver. Je fais un pas en arrière pour voir s'il y a quelqu'un. Mais rien. Tout est désert et calme.

Je fais le tour de cette Clio arrêtée en pleine campagne, tout en prenant garde de ne pas tomber. Je place ma main en visière pour éviter les reflets dans les vitres afin de voir si un conducteur, un passager, est encore là. La voiture est vide. Unique trace d'une présence passée, la portière avant gauche est légèrement entrouverte ou mal refermée.

Je prends alors une grande inspiration, comme si j'allais commettre une faute grave, et je pénètre avec précaution dans la Clio. La radio est restée allumée, on l'entend à peine. Je reconnais une chanson de Joe Dassin : « Souviens-toi, c'était un jeudi ». J'hésite à l'éteindre, mais je me dis que ce serait une faute supplémentaire d'y toucher. Et puis j'aime bien cette chanson, comme un message de la voiture qui s'adresserait à moi. Je regarde attentivement à l'entour, je m'enhardis même, considérant que mes gants en laine me protègent, et je passe une main dans l'espace entre les dossiers et les sièges. Rien. J'essaye d'ouvrir la boîte à gant. Elle est fermée à clef. Soudain, une dame âgée, marchant avec une canne, tout de noir vêtu, se dirige vers nous. Je sens mon cœur qui se met à palpiter, comme quand, enfant, je jouais à cache-cache. Je tente de me rendre invisible en me laissant glisser sur le siège, mais je remarque qu'elle continue son chemin en direction de la petite église, sans nous jeter le moindre regard.

Il n'y a rien sur les sièges arrière, cette voiture semble posée là comme dans un décor, celui de cette petite route sans âme qui vive, sans autre manifestation que le chant des oiseaux. Elle ressemble à un modèle réduit en plastique posé sur une maquette, comme un jouet. Avant de refermer la porte, je jette un dernier coup d'œil. J'aperçois un objet posé sur le tapis, sous le siège, celui qu'on surnomme « la place du mort ». En me penchant pour l'atteindre du bout des doigts, je découvre un bracelet en forme de jonc. Il semble être en or. Je vois que le dessus du bijou prend la forme de lettres en italique, serties de pierres translucides qui ressemblent fort à du diamant. Est-il possible qu'un objet d'une telle valeur ait pu être négligemment oublié sur la moquette ? Je tâche de décrypter le mot formé par ces lettres entrelacées et je parviens à lire, en plissant les yeux, le mot *Disparaître*.

Je reprends la laisse de Paul, je range machinalement le bracelet dans la poche de mon manteau et je rentre à la maison. Les rêves de la nuit dernière sont-ils dus au pressentiment de l'événement qui viendrait de se produire ? C'est à moi que c'est arrivé, et je m'accroche à l'idée que ça n'appartient qu'à moi. Bien sûr, je ne suis qu'un témoin, mais quand même, c'est bien moi qui suis entrée dans la voiture et qui ai ramassé le bracelet ! Oui, le bracelet, avec ce mot incroyable, *Disparaître*, qui est désormais dans ma poche.

Dès que je serai rentrée, j'irai relire l'article de Marguerite Duras sur l'affaire Grégory : « Sublime, forcément sublime », dans lequel elle décrète que Christine Villemin est coupable. Je crois que j'en suis arrivée à un point où le sens de ce qu'a écrit Duras va m'apparaître plus clairement qu'auparavant.

Plongée dans un bain brûlant, je prends réellement conscience de ce que je viens de faire. Non seulement j'ai ouvert cette voiture, de quel droit ? mais en plus, j'ai pris ce bracelet, le mot juste est que je l'ai « volé », ni plus, ni moins. Il est maintenant posé, comme un trophée, sur ma table de chevet.

Un ciel ombré se prépare à la nuit. Grâce aux reflets des deux bougies allumées comme chaque soir, près de moi, des flammèches échappées de la cire se projettent, en scintillant, au plafond – le mot *Disparaître* n'est pas qu'une illusion fugitive, il est bien réel. Si c'est un vrai bijou, réalisé avec de l'or et des diamants, si ce n'est pas un de ces objets de pacotille qu'on peut gagner dans les fêtes foraines, je me demande qui a pu inventer pareil paradoxe : du « vrai imitation toc ». Dans quelles circonstances a-t-il été offert ? À qui et par qui ?

Abandonnant toute résistance, je le fais glisser sur mon poignet droit. Je ne porte plus de montre, il occupera ce vide, trônant là, unique ornement, comme si c'était sa place depuis toujours. Les ferrets de la reine. Je me sens à la fois voleuse et espionne. Quel dommage de ne plus écrire, j'aurais pu en faire un roman. Bien au chaud dans mon peignoir, je rajoute une bûche dans la cheminée pour raviver le feu. Paul, totalement épuisé, ne touche même pas à ses croquettes. À l'abri, sous la couette, je dépose le bracelet sur la table de nuit avant d'éteindre. J'ai l'impression qu'il veille sur moi et que, cette fois, la nuit sera douce.

Ce matin, le réveil est brutal. J'ai un début de migraine. Je me traîne jusqu'à la salle de bains où je fais couler de l'eau dans mon verre à dents. J'avale un Doliprane. En descendant l'escalier pour rejoindre la cuisine et me faire un café, je commence à ouvrir les yeux. L'idée d'avoir pris ce bracelet dans la voiture m'apparaît tout à coup comme le geste d'une folle. Faut-il être totalement écervelée pour commettre pareil larcin. Si ça se trouve, il s'est passé un drame autour de ce véhicule, il peut y avoir eu un enlèvement, une séquestration, que sais-je. Et moi, fascinée par ce bijou, incapable de penser plus loin que mes obsessions, je le prends, je me l'approprie, je le glisse dans ma poche comme si de rien n'était.

Un doute s'insinue dans mes pensées. Voler un tel objet, non, vraiment, ça ne me ressemble pas. Serait-il possible qu'il m'appartienne et que la confusion qui règne dans ma mémoire me l'ait fait porter puis perdre sans que je m'en rende compte ? J'aurais bien aimé lui parler comme je le fais avec Paul, et lui demander :

« Bracelet, es-tu à moi ? Est-ce la première fois que je te vois ? »

Plus j'y pense, plus une sensation oppressante monte en moi. Un sentiment d'étrangeté qui, soudain, me renvoie à un souvenir bien précis. Cela se passait lors de l'anniversaire d'une copine de classe. Je devais avoir 7 ans. Ses parents lui avaient offert une petite bague en or surmontée d'une coccinelle en émail rouge vif.

Ce cadeau, fait à une amie, avait déclenché en moi un tel sentiment d'envie, une impulsion si violente, que le soir même, incapable d'y résister, j'avais demandé à ma mère si je pouvais avoir la même. J'insistais :

« La même surtout, pas une autre ! »

Je me souviens de sa réponse qui m'avait fait l'effet d'un couperet :

« Les bagues pour les petites filles, c'est vulgaire ! »

Le choc de cette sentence a laissé des traces qui, comme souvent chez moi, remontent à contresens. Depuis, je ne peux plus regarder un bijou sans éprouver un désir aussi immédiat qu'absolu de le posséder. C'est devenu une sorte de névrose. Je la reconnais bien dans mon geste inconsidéré. Ce qui m'étonne, surtout, et que je trouve d'autant plus stupide, c'est que depuis que je vis ici, je ne porte plus aucun bijou. J'ai offert ceux que je possédais à des proches. Il y a maintenant une totale dissociation entre le désir de me les approprier et le plaisir de les porter.

Ce bracelet, comme les autres, me semble, tout à coup, bien lourd. Il faut que j'aille le reposer dans cette voiture si je la retrouve au même endroit, sinon, que je m'en débarrasse à tout prix.

Je finis mon café, tellement perdue dans mes pensées que je m'aperçois seulement que Paul n'est pas à mes pieds, là où il devrait être. Mon cœur s'emballe. Je l'appelle, je le cherche partout, je remonte à l'étage, puis au grenier, au cas où je l'y aurais enfermé par mégarde.

Pas de Paul. Son collier et sa laisse pendent toujours au portemanteau de l'entrée. La chatière ! Je m'accroche à cette idée, lui qui a toujours eu pour cette trappe un dédain absolu, et si, ce matin, l'idée lui était passée par la tête de se tirer comme ça, sans me prévenir ? Le joli tour que voilà ! Je suis au comble de l'angoisse dès qu'il s'agit de Paul, je perds la tête, alors qu'en général, je suis plutôt posée et réfléchie. Mais le bijou, plus la disparition de Paul, c'est trop ! Je n'ai pas le temps d'y penser. Je passe en mode « état d'urgence ».

J'enfile mon jogging, mes baskets, ma doudoune, j'attrape la laisse et le collier, et je fonce vers notre chemin habituel. J'accélère jusqu'à apercevoir, au loin, la tache rousse de mon animal qui s'agite près du panneau. Arrivée à sa hauteur, je découvre qu'il est là, assis comme un roi sur son trône, près de la voiture qui, elle-même, n'a pas bougé d'un millimètre.

Au lieu de me sauter au cou, ce qui devrait être son réflexe naturel, il reste immobile comme une statue de l'Égypte ancienne, dans une posture hautaine. C'est à peine s'il daigne me regarder, comme si je lui avais fait subir je ne sais quel affront. Je peux lire, dans son attitude, une diatribe du genre : « Mais que se passe-t-il ? Pourquoi toute cette agitation ? Regarde, moi, comme je suis calme et serein. Prends-en de la graine. »

Quel caractère ! me dis-je en lui accrochant son collier. Je ne peux m'empêcher de lui répondre à voix haute : « Imbécile ! Tu m'as causé une frayeur pas possible. Tu ne peux pas me faire ça ! » Il lève vers moi ses yeux innocents, dans lesquelles je peux lire : « Si tu savais comme je m'en fiche. »

La Clio est telle que je l'ai laissée. La portière est toujours entrouverte, la radio s'est tue. La batterie est peut-être à plat. J'aurais dû prendre le bracelet pour le remettre à sa place, sous le siège, mais, dans la précipitation, je l'ai laissé sur ma table de nuit.

Au lieu de retourner vers la maison, je décide alors de pousser jusqu'au village. Je ne peux pas révéler le nom de cet endroit à cause d'un événement particulier qui a secoué ses habitants. Il y a quelques années, un de mes ex-confrères, un écrivain plutôt porté sur le journalisme d'investigation, avait publié un roman qui se déroulait dans ce lieu perdu de la Normandie. Ça lui a pris un bon moment pour arriver à faire parler les habitants. Au terme de cette enquête intrusive, il a sorti ce roman et, même en ayant changé les noms des uns et des autres, tout le monde s'est reconnu et ce déballage sur la place publique a provoqué des réactions très violentes, au point que l'auteur a été obligé de fuir à l'autre bout du monde, en Nouvelle-Zélande.

Ce qui l'avait attiré dans ce village, c'est son côté authentique. La France, la vraie, telle qu'elle s'est cristallisée dans l'image d'Épinal, celle de l'entre-deux-guerres ou des Trente Glorieuses. Ici, contrairement à ce qui est arrivé dans la France périphérique des Gilets jaunes, les commerces, les services publics, tout a été préservé. À chaque emplacement, on s'attend à entendre Jean Gabin chanter « Quand on s'promène au bord de l'eau », ou la gouaille d'Arletty dans *Hôtel du Nord*. Au lieu d'être en noir et blanc, tout, ici, a des couleurs franches et joyeuses.

Chacun peut s'interroger sur cette exception au sombre destin qu'aurait dû connaître ce village entraîné dans la désertification des « territoires ». Nul doute qu'un aspect très particulier a joué un rôle important dans cette survie : l'argent, la richesse. C'est très simple. Si le village est minuscule, les limites du territoire de la commune sont immenses. Tout autour de ces petites maisons à colombages, se sont développés de grands espaces, des propriétés de gens qui ont en commun d'être très riches et d'aimer particulièrement ne jamais être dérangés. Il s'agit d'industriels, d'éleveurs de chevaux de course, d'armateurs méditerranéens, d'industriels anglais…

Pour rejoindre le village à partir de la petite église devant laquelle s'est garée la Clio, je descends la départementale et je vois se dessiner la ligne des toits autour d'une deuxième église. La première est consacrée à Saint-Roch, dont on célèbre, tous les 16 août, la bénédiction des chiens. Paul connaît bien cette tradition. Le village, en contrebas, est blotti autour de l'autre église, plus récente, avec son clocher pointu et ses ardoises gris-bleu. Une véritable carte postale de « La force tranquille ».

La route en pente douce longe les hauts murs du domaine de deux cents hectares, propriété d'un certain M. Müller. La petite entreprise de son père qui fabriquait des vélos s'était installée dans la région. Il en a hérité et, avec son sens aigu des affaires, a fait fortune, devenant un des leaders mondiaux des bicyclettes en tous genres : vélos de course, vélos électriques, rien de ce qui possède deux roues, un guidon et une selle ne lui est étranger.

Personne ne connaît vraiment cet homme très discret. D'après les dires des uns et des autres, il serait issu d'une famille allemande de Bavière, près de Munich, et aurait fait l'acquisition de ce gigantesque domaine pour rendre hommage au territoire français où la famille Müller avait implanté sa toute première usine. C'était avant la guerre de 1870, celle où Bismarck nous a écrasés.

Ce ne sont que des on-dit car seuls ses employés, qui font leurs courses au village lâchent de temps en temps une information en bavardant avec tel ou telle. Ayant divorcé de sa dernière épouse, il vivrait seul avec son unique fille, qui doit maintenant avoir 20 ans et serait particulièrement jolie. Mais personne n'a jamais pu la voir pour le vérifier.

Si je vais au village, c'est parce que j'aimerais faire un tour à l'unique café du bourg, le Vertigo, un troquet PMU amélioré où l'on peut glaner des nouvelles ou des rumeurs. Lorsqu'un étranger entre dans ce bistrot, même s'il y a du monde, après le tintement de la clochette, tous baissent la tête, et un silence épais, qu'il est bien facile de reconnaître, s'abat sur la compagnie et sur celui qui vient d'entrer. Le silence lui dit :

« Hé, l'étranger, tu n'es pas le bienvenu par ici. »

La patronne, Maryse, fait la cuisine et Claude, son mari, tient le coin presse et tabac. Au zinc, ils servent tous les deux. J'adore cet endroit. C'est un lieu oublié du monde. Les propriétaires actuels ont repris le café du père de Maryse et, depuis bientôt vingt ans qu'ils s'en occupent, rien n'a changé. On n'aime pas trop ce qu'on ne connaît pas, mais entre habitués, on est comme en famille.

Paul ne moufte pas, au bout de sa laisse, il trottine et fait le mignon, l'enfant sage, heureux de son sort. Nous passons devant l'église du village, consacrée à saint Michel. On entend les chants en latin. Je ne sais pas de quelle cérémonie il s'agit. On dirait qu'il y en a une différente chaque jour et que l'église est toujours pleine de paroissiens. Ce fait, à lui seul, démontre à quel point on est loin, ici, du monde actuel.

Le ciel s'obscurcit, j'accélère le pas. Au moment de pousser la porte du Vertigo, la pluie se met à tomber. Je m'assieds à la table la plus proche du bar et commande un chocolat chaud bien amer. Quelques instants plus tard, Maryse apporte le pot de chocolat et une gamelle d'eau pour Paulo, puisque c'est ainsi qu'elle l'appelle, il lui fait les yeux doux. Elle me demande si elle peut prendre un selfie avec lui, ça doit être le deux-centième.

Il y a du monde ce matin, ça m'arrange, je suis venue pour écouter si, par hasard, quelqu'un aurait aperçu la Clio, s'il y aurait eu un accident, ou, pourquoi pas, savoir à qui appartiendrait le véhicule.

Pendant une heure, je tends mes deux oreilles, essayant de saisir un mot, une phrase, un indice qui pourraient me mettre sur une piste. Pas grand-chose, des histoires de voisinage, de licenciements, de couples qui se séparent. Paul me pose sa patte sur la cuisse en m'enfonçant bien ses griffes à travers le jean pour me dire qu'il en a marre. Monsieur veut rentrer, ou s'amuser à zigzaguer entre les voitures, ce qui a le don de me terroriser. La pluie s'est arrêtée, c'était juste une averse. Je passe chez l'épicier acheter ce qui me manque pour ce soir et demain.

En rentrant, j'en profite pour brosser les poils roux de ma bête. Il se met sur le dos en position d'extase. Je commence à me dire que mon enquête démarre mal. Si j'écrivais toujours, j'aurais peut-être plus d'imagination. Après tout, cette voiture n'a aucune importance. Tout vient de cette coïncidence d'il y a vingt ans, quand j'ai eu envie d'écrire un roman qui se serait appelé *Danger en rive*. C'est tout. Enfin, pas tout à fait, car dans mon projet, j'aurais été bien surprise de trouver un bracelet sur lequel on pouvait lire le mot *Disparaître*.

Après avoir posé sur les braises les bûches rentrées la veille, je m'installe face à la cheminée, admirant ce spectacle que je trouve toujours aussi sublime.

Repensant à ce qu'aurait pu être mon livre, je me dis : « Heureusement que j'en ai fini avec ça. » Au village, personne ne sait que j'ai appartenu, il y a longtemps, à cette bande de gens qu'ils détestent unanimement depuis le scandale qui a failli déclencher une guerre de tous contre tous.

De quels éléments je dispose pour amorcer cette histoire ? Une Clio bleu nuit, un bracelet en or et diamant, peut-être, à vérifier, et puis cette station de radio qu'on entendait, probablement Nostalgie, ce parfum laissé par une femme que j'imagine jeune et belle, il me semble que c'était *La Petite Robe noire* de Guerlain et, enfin, ce moteur encore chaud. Ce qui ne fait pas beaucoup, à vrai dire.

Ça irait si ce n'était pas pour un roman, mais pour un film. J'ai pratiqué, en parallèle de l'écriture littéraire, durant quelques années, la production de longs-métrages. Ce qui me plaisait le plus, dans cette activité, c'était quand on se lançait dans l'adaptation d'un texte pour le cinéma. Le développement de l'écriture, la matière première de ce qui va devenir des images est fascinant. Quelques lignes de didascalies remplacent des chapitres entiers et les dialogues sont posés là, en suspens dans le temps et dans l'espace.

Ce qui m'impressionne le plus, ce sont les prouesses des maîtres comme Hitchcock qui, à partir de rien, parviennent à créer une attente fiévreuse, jusqu'au moment où ce qui se passe est loin de ce qu'attend le spectateur. Je repense à cette scène qui a dû former tant de cinéastes. Dans *La Mort aux trousses,* au moment où Cary Grant se retrouve à la croisée de deux routes rectilignes, tout le monde s'attend à ce qu'une voiture surgisse, cherchant à le tuer, tandis qu'au loin, l'avion qui pulvérise d'insecticide les champs de maïs à perte de vue n'apparaît qu'à la fin de la scène.

Ce soir, je vais regarder « Faites entrer l'accusé », présenté par Christophe Hondelatte, grâce aux archives de l'INA, me rappelant l'époque où je pouvais encore passer du temps devant la télévision. Il s'agit de l'émission consacrée à Simone Weber. Avec la disparition de Bernard Hettier, je vais rester dans cette ambiance que j'affectionne et qui m'accompagne dans mon isolement. Demain, il faut que je me débarrasse de ce bracelet, d'une manière ou d'une autre.

Il est 9 heures. Je n'ai pas dormi aussi tard depuis des années. Je tourne la tête vers la gauche et je vois Paul, couché sur le dos, les quatre pattes repliées. Sa tête est posée sur l'oreiller. Il dort comme un homme. Je le regarde sans oser bouger. Je me dis : « Voilà, ma vieille, c'est ton mec ! »

Cette idée m'amuse. Je devrais pourtant être triste ou nostalgique de mes passions mortes, évanouies. Dieu sait à quel point j'ai pu brûler, souffrir, attendre, parfois m'oublier de peur d'être abandonnée.

Mais aujourd'hui, tout ce théâtre est terminé. Me retirer du monde et de ses codes sociaux, c'est mon choix. Pourtant, j'ai parfois l'impression de ne pas l'avoir décidé, que c'est arrivé comme ça, progressivement, doucement, sans faire de bruit. C'est désormais un processus que je ne pourrais plus inverser.

Paul ouvre un œil, j'éclate de rire. Impossible de savoir, à simplement le regarder, s'il se met en scène, conscient de son pouvoir comique, ou s'il est ainsi parce que c'est sa nature. Il a le don de me faire rire, malgré moi, et je devine qu'il sait que c'est ce que je préfère au monde. Moi qui n'allume pratiquement plus mon ordinateur, il m'arrive encore d'aller sur YouTube regarder des vidéos de shiba, ce sont de drôles d'oiseaux, des spécialistes du one-man-show, des cabots de première.

Il bondit hors du lit, moi, je saute sous la douche, puis mets en route la machine à laver. Je pense cette fois à prendre le bracelet et le papier où j'ai noté, on ne sait jamais, le numéro d'immatriculation de la Clio. Je les glisse dans la poche du grand gilet que j'ai enfilé ce matin. Malgré le début du printemps, il fait encore bien froid, dans notre belle Normandie.

Je rajoute quelques bûches dans l'âtre encore chaud. Je meurs de faim. D'habitude, un bol de café et une biscotte me suffisent, mais je ne sais pour quelle raison, ce matin, je suis affamée. Je prends des céréales dans le placard et du lait d'amande dans le frigo. Je déteste les produits laitiers, tous sans exception, c'est une sorte d'allergie que j'ai depuis l'enfance. Le pire, pour moi, c'est le fromage. L'idée d'avoir à en manger ou d'en sentir l'odeur, mon cœur se soulève. Cela s'étend à certaines réactions d'ordre visuel. L'image d'un bébé en train de téter une mamelle peut susciter chez moi la même aversion.

Paul gratte à la porte pour sortir, je me dépêche de terminer et nous voilà, tels Placid et Muzo, en route pour notre virée. Je suis bien décidée à passer devant mon panneau et ma Clio, pour vérifier si, enfin, quelqu'un est venu les déplacer.

Je vois déjà, de loin, que rien n'a bougé. Les deux font toujours aussi bon ménage sur le rond-point. Finalement, je décide de ne pas m'arrêter là et d'aller jusqu'au village où, après la poste, on trouve, aussi incroyable que cela puisse paraître, compte tenu du nombre restreint d'habitants, une gendarmerie. Le bâtiment où elle est installée est, à lui seul, un monument historique, étalon de la maison à colombages. C'est un peu une première, pour moi car, en cinq ans, je n'ai eu affaire aux gendarmes que lorsqu'ils sont venus me proposer leur calendrier.

J'ai décidé de ne pas replacer le bracelet sous le siège, de surmonter ma honte pour leur expliquer les choses, telles qu'elles se sont déroulées, réellement. Tout leur raconter. C'était lundi matin, on est jeudi, cela va faire quatre jours que j'ai pris ce bijou en otage. Je veux tout révéler depuis le début, y compris cette pulsion stupide qui m'a poussé à le dérober. Je suis sûre qu'ils comprendront.

Sur la porte en verre dépoli, il y a un papier avec : « Sonnez, puis, au signal, entrez. » J'appuie sur le bouton et j'attends, sagement. Au bout d'un moment, j'entends une voix qui me demande mon identité et le but de ma visite. Je suis surprise, je m'attendais au simple déclic de l'ouverture de la porte.

Je m'entends bredouiller des phrases emberlificotées, un silence gêné me répond à l'autre bout de l'interphone, puis, finalement, la porte s'ouvre. Je suis soulagée. Il y a un comptoir dans l'entrée, avec un gendarme qui pianote sur le clavier de son ordinateur. À part lui, la gendarmerie semble déserte. C'est alors qu'un homme arrive par une porte derrière le bureau, un officier dans une tenue impeccable, avec une cravate parfaitement nouée sur une chemise blanche immaculée. Je me redresse légèrement pour mieux l'observer. Il doit avoir 40 ans, les cheveux légèrement grisonnants et la nuque tondue. Je le regarde un moment et je me dis : « Dieu, qu'il est beau. »

J'avance vers le comptoir, lui présente ma carte d'identité et précise où j'habite. Je lui raconte que je ne vis là que depuis cinq ans, presque en m'excusant. Il regarde attentivement ma carte d'identité, lève son visage vers moi, m'adresse un sourire et me dit, un peu glacial :

« Il faudra penser à changer votre résidence principale sur vos papiers, madame. »

Il enchaîne, toujours avec le sourire :

« Que puis-je pour vous ? »

Je marmonne :

« J'aimerais faire une déposition, enfin, je ne sais pas si c'est comme ça qu'on dit. »

Il fait un geste du bras droit, m'invitant à passer derrière le comptoir et à m'installer dans son bureau. Sur la vitre de sa porte est inscrit : *Lieutenant Raymond Roussel*, comme l'écrivain.

Je lui raconte tout ce qui s'est passé depuis le premier matin, c'est-à-dire lundi. Paul est là avec moi, se faisant aussi discret que possible. Je dis au lieutenant que je suis confuse de ne pas lui avoir demandé si on pouvait entrer dans ces locaux avec un chien.

« Cela ne pose aucun problème », me répond-il.

Ce n'est pas que je m'inquiète, mais je lui explique que, depuis quatre jours, la présence de cette voiture en équilibre sur le bas-côté de la route m'intrigue. J'ajoute que j'ai un drôle de pressentiment. Dans son regard, je sens un léger trouble, il doit se demander si je suis dans mon état normal.

Puis je précise que j'ai noté le numéro de la plaque d'immatriculation. Je sens ma main droite, au moment de sortir le papier de ma poche, qui tremble, et, à côté, le froid du bracelet. J'hésite, ma gorge se serre, j'ai peur de lui donner le bijou. Je crains qu'il devine à quel point j'ai honte de mon geste, qui fait de moi une coupable potentielle. Tout s'embrume dans mon esprit. Je dépose uniquement le numéro d'immatriculation. Le gendarme prend le papier, redemande mon nom, mon adresse, mon numéro de téléphone et m'invite à retourner attendre dans l'entrée, le temps de taper ma déposition avant qu'il me la fasse lire et que je la signe.

Je serre le bracelet à m'égratigner la main. Et si, d'un bond, je me décidais enfin à le lui remettre ? Quelque chose de plus puissant que moi m'en empêche.

Et je me demande soudain ce que je fais là, quelle folie m'a prise de venir ici ? Je m'en fiche, après tout, de cette caisse abandonnée sur des rives dangereuses. Je me dis que c'est sans doute l'ennui qui m'a poussée à m'investir à ce point dans ce qui n'est, sûrement, qu'un banal incident.

Paul dort de tout son long sur le carrelage de la gendarmerie, lorsque le bel officier vient me lire ma déposition. J'ai l'impression que la journée est déjà terminée. Il m'accompagne poliment jusqu'à l'entrée et me dit :

« Je vous tiendrai au courant ».

Dehors, il pleut, je relève ma capuche.

J'en profite pour me rendre à l'épicerie et à la boulangerie. Il pleut toujours, je décide de passer par le Vertigo. Il y a du monde à l'intérieur, les gens sont venus se mettre à l'abri. En me voyant entrer, ils ont cette attitude que j'ai appris à décrypter. Les conversations s'interrompent : « Taisez-vous, la voilà. » D'habitude, ce genre d'accueil ne m'est pas réservé, mais ils ont dû me voir passer par la gendarmerie. Ils n'aiment pas ça. Paul a quand même droit à son bol d'eau fraîche. Ce ne doit pas être bien grave.

J'attends que la pluie s'arrête en buvant un thé et je me replie sur moi pour me protéger de la défiance des habitants du village. Dès que j'aperçois un coin de ciel bleu, je sors et je rentre à la maison.

En chemin, je réfléchis au rôle qu'a joué l'arrêt de mon analyse dans la décision de m'installer ici. Avant, à l'amorce de chaque nouveau livre, j'avais besoin de travailler sur la matière première de ma vie en en parlant avec ma psy. Elle avait, à un moment, avancé l'hypothèse que je serais aux prises avec une sorte de cleptomanie. Bien sûr, elle ne me l'avait pas dit comme ça, aussi directement. Je m'en suis alors voulu de lui avoir raconté cette histoire de bague surmontée d'une coccinelle. Elle revenait sans cesse là-dessus à propos de mes relations compliquées avec ma mère. Enfin, des cleptomanes, j'en connais un certain nombre dans mon entourage, ça n'a rien à voir.

En plus, j'ai senti qu'elle avait envie de changer le tarif, déjà très élevé, de nos séances. Trop, c'est trop ! Je lui ai dit que j'arrêtais. Ça m'est sorti comme ça, tout de go. Je me faisais une montagne de cette ultime conversation et, finalement, ça s'est passé en douceur. Je me suis même sentie soulagée d'arrêter ce travail pour lequel c'était moi qui faisais la plus grande part. Le retour de mes souvenirs avec elle montre à quel point j'avais tout effacé.

Cette analyse était le dernier fil ténu qui me retenait à Paris. Cette histoire de cleptomanie était un contresens qui remettait en cause la confiance que j'avais dans son jugement. Je veux bien croire qu'il y a un paradoxe entre l'envie de posséder et le désir de porter un bijou. En général, ils vont ensemble, mais de là à imaginer que je pourrais trimballer un inconscient refoulé de voleuse, faut quand même pas exagérer. Il y a des limites à l'interprétation, ce ne sont pas que des figures libres.

Pourtant, j'aurais bien aimé parler avec elle de ce bracelet qui reste bloqué dans ma poche. Il me semble évident que, derrière le caractère anecdotique de ce qui n'est pas véritablement un larcin, se cache peut-être un pan entier de ce qui a motivé ma fuite et mon installation dans ce coin perdu.

Il faudra que j'essaye de travailler là-dessus toute seule, mais surtout que, dès demain, je retourne voir ce lieutenant pour lui compléter ma déposition par cc bracelet.

Ce sont les aboiements de Paul qui me réveillent bien avant que j'aie fini ma nuit. Hier a été, pour mon nouveau moi, une journée trop chargée. Je n'ai plus l'habitude de voir autant de monde, de ressentir autant d'émotions diverses.

Je suis restée un long moment devant la cheminée à rêvasser et, sans m'en rendre compte, je me suis endormie, tout habillée, au rythme lent de mes souvenirs perdus qui remontaient par bribes.

J'ai beau demander à Paul de se taire, il s'en fiche et continue ses hurlements. Ce n'est pas son comportement habituel. Je refais péniblement surface, comme si j'avais la gueule de bois. Je regarde l'heure. 8 heures ! Le temps de reprendre mes esprits, je me lève d'un bond et me dirige vers la fenêtre pour découvrir, à travers les rideaux, la cause des hurlements de mon garde du corps, qui est effectivement, à l'origine, un chien de garde. Il paraît que les moines tibétains l'utilisent comme tel car il aboie dès qu'il aperçoit quelqu'un, mais évite de le mordre. Je ne suis pas sûre de cette théorie, Paul m'a déjà mordu deux fois les mollets. Je veux croire qu'avec moi, c'était de l'amour.

Une voiture de la gendarmerie s'est arrêtée, je reconnais le lieutenant. Il vient sonner à ma porte. Je lui ouvre, toujours un peu groggy, et lui propose d'entrer. Devant son air gêné, je lui explique, pour le mettre à l'aise, que je viens seulement de me réveiller. Paul a cessé d'aboyer. Il veut montrer qu'il a reconnu le lieutenant et se met en position assise, bien droit, comme au garde à vous. « C'est moi qui m'excuse de me présenter ainsi chez vous, sans vous avoir prévenue de ma visite. »

Je lui explique que ce n'est pas grave et lui propose un café, tout en le priant de s'asseoir. Aujourd'hui, je trouve qu'il ressemble plus à un jouet, une sorte de poupée, un fantasme sorti d'un roman-photo. Je le regarde, un instant, sans bouger, sans parler, me demandant si cette scène est bien réelle. Ce matin, il porte un képi, c'est peut-être cet accessoire qui le rend différent. Il s'empresse d'ailleurs de le retirer et finit par s'asseoir à l'endroit que je lui ai indiqué. Pour détendre l'atmosphère, tout en me dirigeant vers la cuisine, je lui lance :

« Bon, alors je vous laisse en compagnie de Paul ! »

Jamais je n'ai eu l'impression que faire un café pouvait prendre autant de temps.

Lorsque je finis par revenir avec un plateau et deux tasses, Paul est toujours dans sa position réglementaire. Le lieutenant et moi, nous sommes l'un en face de l'autre. On n'entend que le battement du balancier de l'horloge. Il prend sa tasse de café entre les mains pour les réchauffer, puis après avoir bu une gorgée, la repose lentement. Il glisse alors sa main dans la poche de son uniforme. Je reconnais, au bout de ses doigts, le papier que je lui ai donné la veille avec le numéro d'immatriculation de la Clio, il le pose sur la table.

« En fait, je suis venu vous voir car nous avons fait toutes les recherches possibles. Résultat : il n'existe aucune Clio avec ce numéro d'immatriculation. » Je reste bouche bée devant cette déclaration, même légèrement apeurée, comme si j'étais, d'une certaine façon, coupable de l'échec de cette recherche. Il est vrai que je me suis peut-être trompée en notant les chiffres. Je déteste les chiffres depuis toujours. Je les considère comme des ennemis intimes.

Selon lui, il y aurait une autre explication : je peux très bien avoir recopié correctement l'immatriculation de cette Clio, mais que ce soit une fausse plaque. Je me sens soulagée par l'existence de cette éventualité. Il ajoute qu'il existe un grand nombre d'hypothèses, y compris que ce véhicule, tout simplement, n'existe pas. Avant de venir, il est passé par le rond-point devant l'église, il a bien vu le panneau *DANGER EN RIVE*, dont il sait qu'il n'est là que depuis une semaine. Mais il n'a vu aucun véhicule, pas plus une Clio qu'un autre modèle. Il n'y avait pas, ce matin, de voiture garée à cet endroit.

Le lieutenant voit bien l'effet de ses paroles sur moi et le sentiment de panique qui me gagne. Il fait un geste de la main, comme pour arrêter la circulation, afin de signifier qu'il détient des éléments concrets qui prouvent que je n'ai pas inventé ce que j'ai vu.

Il met alors sa main dans une autre poche dont il retire un téléphone portable. Après avoir tapé quelques mots sur son écran, il me montre des images mises en ligne sur Facebook, Snapchat, Instagram et la plupart des réseaux sociaux. Ce sont des photos prises de loin, sous différents angles, montrant la Clio, devant le panneau, avec les dates correspondantes, lundi, mardi et ainsi de suite jusqu'à hier, dernier jour où on l'a vue avant qu'elle ne s'évapore. Je suis rassurée, il ne pensera pas que j'ai tout inventé. Je lui demande cependant si la gendarmerie a réussi à identifier qui a mis en ligne ces photos. Ma question doit lui sembler indiscrète, à ce stade de l'enquête. Il ne me répond pas.

Pour se rattraper, il me confie que la gendarmerie a eu le temps, hier, de recueillir le témoignage du garagiste, à qui ça ne disait rien, mais aussi du curé de l'église Saint-Roch qui avait procédé à un enterrement l'avant-veille, et se souvenait d'avoir aperçu la voiture, sans plus de détail. Et il y a aussi le cantonnier du village, qui est venu à la gendarmerie pour une autre affaire. Il passe à vélo tous les jours sur cette route et confirme qu'il avait vu la voiture et que ça l'a même surpris.

Pendant toute la séance, je n'ai pas quitté des yeux, tantôt les images du téléphone, tantôt le visage du gendarme. Le sentiment d'avoir affaire à un automate devient de plus en plus réel. En l'observant, je constate qu'il ne cligne pas des yeux, il a le regard fixe, comme totalement dépourvu d'émotions.

Pour une raison que j'ignore, mon cœur se met à accélérer. Je lui dis que j'ai quelque chose à faire à l'étage et lui demande de patienter un instant. Je monte dans ma chambre, ouvre la table de nuit, découpe la moitié d'un Lexomil que j'avale pour essayer de calmer l'angoisse. Je prends le bracelet et redescends à la hâte. Le lieutenant n'a pas bougé.

« Pardon, tout est si bousculé, ce matin lui dis-je, mais je n'ai pas bien vu, à cette distance, ce qui était écrit sous les images. »

Il m'explique que ce sont les nombreux commentaires et que je sais bien comment ça se passe sur la toile, les gens se lâchent, colportent n'importe quoi. Je lui réponds que je déteste tout ça, que je n'y vais jamais. Pour lui, j'ai bien raison et il partage mon aversion, mais dans son métier, on ne peut plus s'en passer.

En même temps qu'il s'adresse à moi, je vois qu'il cherche quelque chose sur son téléphone. Il me montre une image très floue, une silhouette qui se penche à l'intérieur du véhicule. Comment savoir si c'est un homme ou une femme ? Je ne pense qu'à une chose, ne rien dévoiler à cet instant. Il reste avec le téléphone tendu vers moi, à l'affût d'une réaction de ma part.

Le bracelet est là, dans ma poche, il suffirait que je le lui donne et ce serait fini. Comment j'ai pu me fourrer dans un tel merdier, moi qui ai tout quitté pour avoir la paix. Après quelques secondes d'hésitation, je décide de ne pas le lui donner. Je verrai, avec le temps, à quoi correspond ce blocage chez moi. En attendant, je raccompagne le gendarme à sa voiture et j'enchaîne avec Paul sur le chemin de notre promenade. Nous avons une demi-heure de retard sur notre programme quotidien, rien ne saurait me perturber davantage. Heureusement, il ne pleut pas.

En chemin, je ne peux m'empêcher de réfléchir à ce qui vient de se passer. Il est clair que le lieutenant me soupçonne de quelque chose, sinon il ne serait pas venu chez moi de façon si précipitée. La vision de ces photos sur le Net, en particulier celle où l'on m'aperçoit visitant la Clio, m'a glacée. Je n'en reviens pas que des gens, partout, invisibles, soient prêts à utiliser leur téléphone pour prendre des photos, réaliser des vidéos et sonner l'hallali. La plupart du temps, ils ne savent pas de quoi il s'agit, cela ne correspond à rien, mais ça ne les arrête pas. Rien ne les arrête. Pour eux, l'important, c'est de faire bloc autour d'un prétexte, pour redonner du sens à leur solitude, à l'abandon de toute valeur, de toute culture.

Alors ce n'est pas une histoire de vérité ou de réalité qui va les freiner. Ça peut être n'importe qui. Tiens, par exemple, ces gens qui étaient au Vertigo et qui se sont tus dès que j'y suis entrée. Je les vois bien, ceux-là, derrière leurs téléphones, en train de se pousser du col, juste pour prétendre en savoir plus long, davantage que les voisins, en tout cas. C'est d'autant plus médiocre que tous ces efforts sont prodigués pour défendre la e-réputation d'un pseudo, la gloire d'un anonyme. Ça peut être n'importe qui.

Je me chauffe les esprits au moment où nous arrivons au panneau *DANGER EN RIVE*. La Clio a bel et bien disparu. Paul va s'asseoir à l'endroit où elle se trouvait encore hier pour me montrer comme il suit le déroulement des événements et qu'il aurait pu faire une carrière de chien policier, ce qui est autre chose que d'être le gentil toutou à sa mémère. Je lui interdis d'avoir ce genre de pensée et tire sur sa laisse, accélérant le pas afin de rattraper notre retard de la journée.

De retour à la maison, je décide de faire l'inventaire de tout ce qui me relie encore au monde, alors que je m'étais persuadée de l'avoir fui et de l'avoir effacé de ma mémoire. Je vois bien que j'ai toujours ce téléphone. Pas sûr que je puisse m'en passer. Mon numéro est gravé sur la médaille accrochée à la laisse de Paul. Il m'est déjà arrivé, un certain nombre de fois, d'être appelée par des gens charmants qui s'inquiétaient de le voir se promener seul.

Il y a mon ordinateur portable, qui est une antiquité sur laquelle j'ai écrit mes derniers livres, correspondu par mail avec mes derniers interlocuteurs. Il faut ajouter à cela mon téléviseur, avec tous les abonnements qui servaient ma boulimie de films, de séries et de documentaires. Sans oublier ma tablette, dont j'use pour les mêmes consommations quand je suis au lit, j'ai même un lecteur Kindle.

J'ai bien conscience que pour partir, aujourd'hui, pour échapper à sa vie, le fait de déménager, de quitter Paris pour la campagne, ça ne suffit plus. Nous sommes pris au piège de cette incroyable toile d'araignée qui nous enveloppe, où qu'on aille. Il faudrait envisager de couper tous ces liens, de se désabonner de tous ces bidules. Mais, comme à chaque fois, le seul fait d'y penser m'épuise d'avance.

Depuis cinq ans, je n'ai pas ouvert la boîte de Pandore des réseaux sociaux. Mais après ce que m'a montré le lieutenant sur son téléphone, je ne peux plus tenir. Je me suis préparée psychologiquement à ce retour en enfer. Le soir, je suis prête et je pars à la recherche des photos de la Clio, et surtout des commentaires.

En trois jours, le score de cette histoire a explosé. Je n'aurai jamais le temps de tout lire. Ce qui domine le verdict, c'est qu'il s'agit d'une disparition liée à une affaire criminelle. Concernant la personne qui se serait volatilisée, il reste encore, à ce stade, des dizaines d'hypothèses. C'est Corinne la coiffeuse de Caen, qui en a eu assez de son compagnon. Non ! c'est Adèle, l'aide-soignante de Beuzeville qui n'en pouvait plus de son père alcoolique.

Et pourquoi pas la si jolie fille de M. Müller. Toutes ces tranches de vie se confrontent dans une loterie que, probablement, une seule finira par gagner, à force d'accumuler les coïncidences : c'est elle qui remportera le jackpot, l'entrée par la grande porte, dans la presse d'abord, puis à la radio et, pour finir : à la télévision. Le Graal.

Chaque samedi, je passe la matinée dans mon potager. C'est un lopin de terre juste derrière la maison, le seul entouré d'une clôture. Depuis l'enfance, l'un de mes rêves était d'avoir un jardin rempli de fleurs, de fruits et de légumes, semblable à celui que possédait ma grand-mère, tout près d'ici. Elle habitait dans un ravissant cottage, et sa fierté était de nous servir à table les petits pois, tomates et autres courgettes qu'elle faisait pousser avec l'aide de son jardinier, Joseph. Il ressemblait à un écureuil, de l'or vert coulait de ses mains.

Ses légumes étaient gigantesques. Ma grand-mère plantait aussi, par centaines, des dahlias pompons multicolores dont elle remplissait la maison, les disposant dans des vases en barbotine. Rien ne me semblait plus beau, plus gai que ces boules denses et colorées, je les caressais, je respirais leur odeur, imaginant dans leurs reflets un avenir radieux. Alors, dès que j'ai pu m'offrir cette maison, à peine installée, j'ai fait appel à un pépiniériste de la région. Il m'a tout appris. Je sème, j'arrose, je peux passer des heures à regarder bourgeonner ces morceaux de nature.

Ce lieu me renforce chaque jour dans la certitude que j'ai eu raison de quitter Paris, ses faux-semblants, son air irrespirable. Et voilà que tout à coup, après cinq ans d'une paix conquise lentement, d'une solitude choisie, je viens me heurter à cette histoire de panneau et de voiture qui s'évapore.

Sans parler de ce geste absurde de m'emparer du bracelet et, plus irrationnel encore, d'être incapable de le restituer. Tout cela me donne la détestable sensation de glisser, à mon tour, de perdre le contrôle, de n'avoir pas compris que le message « Danger en rive » m'était destiné. Je vois bien, aujourd'hui, où sont les rives et où est le danger. C'est un caillou dans ma chaussure. Et maintenant, à force de ne pas vouloir regarder les choses en face, j'en suis venue à déraper sur le bas-côté moi aussi. Il faut absolument que je reprenne les choses en main.

Je regarde mon Paul qui tournoie au milieu des fleurs, on dirait qu'il slalome entre les dahlias comme un skieur sur une piste enneigée. Je décide de me rendre au village. Je dois vérifier par moi-même, en temps réel, si cette histoire qui, pour le moment, n'en est pas encore une, commence à se répandre. En plus d'alimenter les réseaux sociaux, ne fait-elle pas jacasser dans les chaumières ?

Avant de venir vivre ici, lorsque j'écrivais encore des romans, je prenais soin de mon apparence. Pour un écrivain, il y a une période consacrée à la promotion de son livre, à passer à la télévision, à être photographiée. Ça ne me déplaisait pas, c'était devenu une activité à laquelle je me pliais sans y penser.

Depuis que je suis ici, seul le désir de passer inaperçue me domine. J'éprouve un grand plaisir à garder, en outre, mes vieux jeans, mes pulls trois fois trop grands et mes baskets. Je ne me maquille plus, mes cheveux sont toujours attachés. Même ma coiffure, objet de toutes les attentions, et qui était devenue une sorte de marque de fabrique, appartient désormais au passé, aujourd'hui, je me contente de me laver les cheveux et de les laisser sécher n'importe comment.

Le temps est venu de prendre mon courage à deux mains et d'aller faire un tour dans l'unique salon du village dont le nom convient tout particulièrement à mon humeur goguenarde : Deux Mèches. On peut difficilement faire mieux. Je me présente sous le prétexte de me faire couper les pointes. N'est-ce pas l'endroit idéal pour écouter les bavardages et vérifier s'il est question d'une disparition ?

J'attrape la laisse de Paul qui, dans la seconde, se met à faire le loup pour me manifester sa joie. Il fait beau, les cerisiers sont en fleur. Je pense déjà aux courgettes que je ferai cuire en lasagnes à mon retour.

La patronne se tient derrière sa caisse, deux dames sont sous le casque du séchoir pour leur mise en pli, une coiffeuse est en train de lisser les longs cheveux d'une femme qui est le sosie de Michelle Torr, ou de Sylvie Vartan, peu importe. Je demande timidement l'autorisation d'entrer avec mon chien. La patronne s'esclaffe d'un « oui » retentissant avant de se jeter aux pattes de Paul pour le caresser et le complimenter pour sa beauté, et surtout sa couleur rousse impossible à reproduire. Elle le connaît bien, depuis le temps qu'elle le voit passer dans le village. Cet hommage enchante Paul. Il aime par-dessus tout qu'on parle de lui, surtout si c'est pour faire son éloge. Il lève alors le museau, prend un air modeste, pour dire : « Oh ! Encore des compliments ! C'est trop ! »

La coiffeuse me demande ce que je voudrais faire. Je lui explique que j'aimerais, si c'est possible, faire un shampoing avec un produit qui les rende plus soyeux. Ils sont un peu rêches en ce moment, et puis, aussi, couper les mèches abîmées. Je me lance alors dans des explications embrouillées à l'appui de mon absence dans ce salon depuis tant d'années. On ne peut pas me soupçonner d'aller chez la concurrence, il n'y en a pas. La patronne me regarde, l'air intriguée. Je n'ai pas à me justifier, après tout. Nous échangeons un sourire un peu forcé.

J'enfile un peignoir en Nylon qui me donne l'impression d'être dans une cage de Faraday tant l'électricité statique s'enroule autour de moi. Je penche la tête en arrière dans le bac pour me livrer aux mains expertes et fermes de la coiffeuse. Suivent un shampoing et un long massage avec une crème qui sent l'abricot. À peine me suis-je assise dans le fauteuil, avant qu'on me démêle la tignasse, ma voisine de gauche se met à parler de l'« histoire » qui, visiblement, occupe les langues et les esprits. D'après elle, tout ce qui se raconte est faux. La pseudo-disparue n'est évidemment pas l'aide comptable dont parlent les internautes. Celle-ci, tout le monde la connaît, elle vit et travaille à Paris depuis l'année dernière.

Et puis, chacune y va de son avis :

« Et d'abord, pourquoi ce serait forcément une femme ? » se demande la patronne à voix haute, laissant muet l'ensemble des choristes.

« Mais oui, pourquoi pas un homme ? »

La preuve de la présence d'une femme serait qu'il y avait, dans le véhicule, une odeur prononcée de parfum. Et puis, on parle aussi de la silhouette sur une photo floue de portable, montrant une forme plutôt féminine. Mais alors pourquoi personne ne signale une quelconque disparition ? L'une des clientes renchérit en prétendant que ce serait une histoire de vengeance.

« Et vous, m'interpelle soudain celle qui est en train de m'enlever trois centimètres de cheveux, qu'en pensez-vous ? »

Je me sens prise de court, comme si j'écoutais dans un état d'hypnose. En réalité, je suis obnubilée par ce que je viens d'apprendre à propos du parfum. Quelqu'un d'autre que moi est donc entré dans la Clio et a senti *La Petite Robe noire* de Guerlin.

L'air aussi détaché que possible, j'explique alors que je n'en pense pas grand-chose et que j'ai même du mal à comprendre pourquoi ça intéresse autant les gens. Je vois qu'elles prennent cette remarque à leur compte et que ça leur déplaît, comme si je les avais vexées, que c'était une façon de critiquer leur curiosité. Je tente de rattraper ma bourde en prenant le ton de la confidence. Il se trouve que j'ai vu, de-mes-yeux-vu la voiture, pas loin de chez moi, sur le chemin de notre promenade matinale avec Paul. C'était lundi à 8 heures.

J'avoue alors que ça m'a surprise, cette voiture, personne à l'intérieur, arrêtée de guingois devant ce panneau que je n'avais pas remarqué auparavant. Au silence qui règne tout à coup, je vois que mon récit les intéresse beaucoup. Consciente d'avoir pris la main, je leur révèle ensuite que c'est moi qui suis allée à la gendarmerie pour signaler qu'il y avait un véhicule abandonné.

Au moment où j'articule ces phrases, le silence se fait plus dense, comme l'absence brutale de bruit dans une salle de concert, quelques secondes avant que l'orchestre attaque les premières notes.

« Alors, vous savez à qui appartient la Clio ? » me demande soudain Michelle Torr.

« Je n'en sais pas plus que vous », que puis-je répondre d'autre ? Je leur explique que cette présence m'a semblé bizarre et que j'ai fait ce que n'importe quel citoyen aurait fait en pareille circonstance. Pour le reste, je ne sais rien, d'autant plus qu'avec Paul, nous sommes complètement coupés du monde. Je regarde la patronne et nous échangeons, de nouveau, le même sourire, avec un peu plus de complicité cette fois.

Je sens qu'elles me scrutent comme si j'étais un insecte. Mes cheveux sont un peu plus courts, je les attache, règle les vingt-cinq euros de la note, et je remets sa laisse à Paul.

« Merci et bonne journée ! » me lance la propriétaire des Deux Mèches.

Sur la route du retour, je ne peux m'empêcher de repenser à cette histoire de parfum. J'aurais bien aimé demander d'où venait cette information. Mais je sais qu'une telle discussion ne m'aurait pas menée bien loin. Ces paroles à propos du parfum peuvent n'être que l'effet de l'imagination collective, mue par une logique qui nous dépasse. Dans le monde moderne, la frontière entre ce qui est vrai et ce qui est faux n'a plus lieu d'être. Cette confusion touche de la même façon ce qui se passe sur les réseaux sociaux et ce qui s'échange dans un salon de coiffure. Il n'y a plus de frontière là non plus.

Cela me fait repenser à la conversation que j'ai eue, il y a deux semaines, avec le facteur venu m'apporter une lettre recommandée. Je lui ai d'abord proposé un verre de blanc. Après avoir regardé sa montre, qui indiquait midi, il a accepté. Je l'ai accompagné avec un café, et nous sommes partis dans une conversation sur le village et la région alentour. C'est fou, selon lui, le bouleversement dans lequel nous sommes tous plongés.

« Prenez le village, dit-il, d'un air inspiré, il ne faut pas se fier aux apparences. Tout ce qu'on voit est une façade trompeuse. C'est devenu une sorte de réserve pour touristes. On fait tout pour faire croire que c'est authentique, mais en réalité, ce n'est que du toc, un spectacle folklorique soutenu par des subventions. Autour, c'est pareil, on se croirait dans un rêve d'écolo. Eh bien madame, c'est tout le contraire. Dans ce territoire verdoyant, on assiste, depuis la fin annoncée de l'épidémie, à une véritable ruée vers l'or. Les anciens bobos des grandes villes ont tout envahi. On ne les voit pas, mais moi, quand je leur distribue le courrier, je vois bien à qui j'ai affaire. Les maisons isolées ou les fermes qu'ils transforment en un tour de main, pour leurs start-up ou le télétravail. Faut pas croire, c'est que du beau linge. Ils sont tous à la pointe, comme ils disent, dans l'informatique, les biotechnologies, la télémédecine, les énergies renouvelables, l'intelligence artificielle… Vous vous rendez compte, tous ces machins ! Ça fait peur. Quand ils ont débarqué en force, leur première décision : installer la 5G. Vous connaissez ça ? Il paraît que c'est pas très bon pour les neurones. En attendant, le prix du mètre carré dans la région a doublé en trois ans, et le moindre hectare de terrain s'arrache à n'importe quel prix. Il paraît même que les habitants de Deauville/Trouville ont décidé de vendre, tellement les prix qu'on propose, personne ne peut y résister. »

J'aime écouter le postier, je trouve que tout ce qu'il dit est intéressant comme un sondage d'opinion. Je me rends compte qu'en cinq ans, je n'ai rien vu de ce qui se passait autour de moi. Finalement, j'ai été une pionnière de ces gens qui ont envahi la région. Il est vrai qu'il y a vingt ans, quand j'ai acheté le Vieux-Pressoir, ça ne valait pas cher.

La séance au salon de coiffure m'a quand même perturbée. Il faudra que j'évite de retourner au village, même au Vertigo, je suis encore trop fragile pour m'exposer à ça.

Quelqu'un disparaît, tout le monde se met à chercher, alors qu'ils s'en fichent. Ce qui compte, c'est le jeu, que ce soit vrai ou faux, peu importe. Il faut que le mouvement collectif l'emporte et que tous soient d'accord : celui qui s'en va, qu'il l'ait décidé ou qu'on l'ait trucidé, tout ce qui compte, c'est qu'on se rassemble autour de lui.

C'est peut-être pour ça que j'ai tellement eu envie de tout quitter. À l'époque, j'avais l'impression d'être devenue le gibier qu'on chasse. Depuis, ma vie solitaire et tranquille m'a sauvée mais, à cause d'une erreur de jugement, le cauchemar pourrait revenir.

Je me suis réveillée plus tôt que d'habitude, ce dimanche. Dans ma tête, je ressasse tout ce qui s'est passé durant la semaine. On pourrait dire que rien ne s'est passé, même si moi, qui suis devenue une sorte de nonne laïque, je le ressens comme une agitation sans véritable objet, comme si je recommençais à tourner en rond. Je décide alors de consacrer une heure, avant la promenade de Paul, à rédiger les lettres recommandées pour résilier tous mes abonnements. J'ajoute, dans ces missives, que si mon courrier reste lettre morte, je demanderai à ma banque de s'opposer aux prélèvements le mois suivant. Cet exercice me fait beaucoup de bien. J'aurais dû commencer par là. Je garde, pour le moment, le téléphone fixe et la banque, cette dernière étant l'instrument de cet ultime nettoyage. Demain matin, j'irai à la poste pour envoyer tout ça. Peut-être y reverrai-je mon ami qui partage cette aversion pour le monde actuel.

Paul commence à s'impatienter. Je lui propose une grande balade au milieu des prairies et, si nous en avons encore la force et le courage, nous irons à la messe.

Je pense à saint Roch et sa bénédiction des chiens qui a lieu tous les ans, le premier dimanche qui suit l'Assomption de Marie. Ce saint homme, au début du XIIIe siècle, a choisi de mener une vie de pèlerin, se consacrant aux malades, en particulier durant l'épidémie de peste, qu'il a fini par contracter. Il s'est alors isolé dans la forêt pour y mourir, mais Dieu a fait jaillir une source miraculeuse qui lui a permis de nettoyer ses plaies ; un chien lui apportait, chaque jour, un morceau de pain, afin qu'il puisse survivre. Plus tard, il a rencontré le propriétaire de l'animal, s'est lié d'amitié avec lui, mais, en pleine guerre civile, il a été jeté en prison où il est mort en martyr. C'est ainsi qu'il est devenu le patron des animaux domestiques.

Devant l'église, a été aménagé un portique avec des fers torsadés permettant d'accrocher les laisses des chiens, sans qu'ils soient trop près, sans que cela déclenche des bagarres, et qu'ils puissent attendre leurs maîtres. Paul aime bien cet endroit. Tandis que j'entre pour la célébration de la messe, il s'assied à sa place, avec l'air d'être, depuis toujours, le gardien de ce lieu sacré.

Le curé monte en chaire et se lance dans une homélie, comme si nous étions revenus au

Moyen Âge, sur le thème de l'envie. Il rappelle que convoiter ce qui ne nous appartient pas est un des péchés prohibés par les commandements de l'Ancien Testament. En écoutant le sermon, j'ai la conviction qu'il s'adresse plus particulièrement à moi et à ce qui m'arrive avec ce bracelet. Tout ce que l'homme possède, poursuit le prêcheur, lui vient de Dieu. Toute grâce excellente et tout don parfait descendent d'en haut, du père des lumières, chez lequel il n'y a ni changement, ni ombre de variation. Plus il avance dans son raisonnement, plus je sens monter en moi une sorte de crise de paranoïa.

Il termine en soulignant qu'il est important que Dieu donne à chacun ce dont il a besoin, conformément à son propre plan. Le désir de posséder ce que Dieu a donné à quelqu'un d'autre est, par définition, contraire au dessein du créateur. L'envie porte en elle l'aspiration de l'Homme à réaliser sa propre volonté sans tenir compte de celle de Dieu. Dans cette opposition brutale, ce péché devient la cause principale de la cruauté, de la violence et, finalement, de la destruction de l'homme.

Je sors de l'église avec la conviction effrayante que tout le monde sait, maintenant, que j'ai ramassé ce bijou et que, depuis une semaine, je le garde avec moi, au lieu de le restituer à ceux qui mènent l'enquête. Ce geste idiot se métamorphose, jour après jour, en cauchemar.

C'est d'autant plus stupide qu'objectivement, je n'en ai rien à faire de ce bracelet. Serait-ce la puissance du mot *Disparaître* qui vient percuter mon inconscient ?

Revenue chez moi, suivie par mon chien, je vais directement dans ma chambre. Allongée dans mon lit, l'objet entre mes mains, je le montre à Paul qui, le considérant comme une friandise, entreprend de le croquer. Je lui explique que ce n'est pas l'idée, mais il reste indifférent à mes paroles et veut absolument jouer avec moi à ce nouveau jeu. Tout ce qu'il peut transformer en jouet est toujours le bienvenu.

Cette réaction me rassure. Il y a quelque chose, dans ce bijou, qui me fait du bien, c'est son poids de réalité. Le mot *Disparition* est certainement très important dans cet épisode de ma vie, mais l'or et les diamants avec lesquels un joaillier l'a écrit l'emportent sur le concept d'origine. J'ai été fascinée, toute cette semaine, par la prolifération de ces choses qui n'existent pas, qui ne sont que purs fantasmes, dont les gens remplissent la vacuité de leur existence, qui n'est plus qu'un mirage. J'ai été bien bête de ne pas donner le bijou au lieutenant de gendarmerie. J'aurais pu, par ce simple geste, me débarrasser de ce fil qui me relie encore à mes semblables. Ça me plaît de devenir une sorte d'Alceste en jupon qui n'aspire « qu'à rompre en visière à tout le genre humain ».

Je les vois, tous, avec leurs casques et leurs visières, à l'abri de leurs petits secrets, de leurs médiocres trahisons. Mon besoin de briser ce lien n'a fait que croître. Il va falloir que j'affronte ce qui a déclenché ma fuite, ou n'était-ce que la goutte qui m'a fait déborder ? Je dois me forcer à travailler là-dessus car il est clair que j'en porte les stigmates.

Tous ces gens cherchent maintenant l'héroïne de cette série dont le titre serait *Disparition*, la star de cette aventure. Je finis par me demander si j'ai le droit de la renvoyer à son triste néant, de la maintenir dans son anonymat. Il est un peu tard pour me poser ce genre de question. Rapporter le bracelet maintenant, une semaine après, alors que la voiture elle-même a disparu, ce serait aller au-devant de bien des soupçons.

En attendant, une fois que j'aurai coupé toute communication, ce qui m'intéresse, c'est de savoir si les choses vont remonter jusqu'à moi alors que je fais tout pour les empêcher de m'atteindre. Il y a cette force mystérieuse dans la réalité dont on ne parvient pas à se soustraire complètement. C'est ce que j'aime plus particulièrement dans les thrillers, ce sentiment de se faire sans arrêt talonner par une réalité inexorable, à laquelle on croyait pouvoir échapper, et qui réussit à triompher, y compris de notre imagination.

Nous n'avons pas réussi à rattraper le retard de la journée et il est près de 18 heures, quand nous démarrons, avec Paul, notre deuxième promenade dominicale. Il se met à grogner. J'en cherche la cause et je découvre qu'une voiture noire s'est garée devant chez nous. Je ne l'ai pas entendue approcher. Un homme en sort, j'ai un mouvement de recul, mais il lève les mains comme un soldat qui rendrait les armes et se présente comme étant journaliste à *Paris-Normandie*. Ce qui me rassure, mais a aussi le don de m'exaspérer. Voilà que la presse s'y met, maintenant ! Ça manquait.

L'homme ajoute qu'il était venu me voir dans cette même maison, il y a quelques années, qu'il n'est pas critique littéraire, mais dirige la rubrique des faits divers. Je le regarde de plus près, son visage me dit quelque chose. Avec un sparadrap sur le nez, des lunettes noires et un chapeau, il pourrait avoir des faux airs de Jack Nicholson dans *Chinatown*. Je lui explique que c'est, pour moi, l'heure de promener mon chien.

Il insiste, sous prétexte qu'à la gendarmerie, on lui a dit que c'était moi qui avais signalé le véhicule abandonné, à partir duquel les réseaux sociaux se sont mis à broder sur une disparition. Comme il se souvient que c'est un des thèmes favoris de mes romans, il espère que j'aurai un point de vue sur ce qui se passe et que cela pourra lui ouvrir certaines pistes pour son enquête.

Je me mets en marche comme s'il n'était pas là mais voilà qu'il me suit. Je trouve son attitude insupportable, je garde mon sang-froid et lui dis, le plus poliment du monde, que je préférerais pouvoir me promener sans lui.

Il finit par retourner à sa voiture. Avant d'y entrer, il me lance :

« Dommage. La disparition, c'est quand même un phénomène passionnant. Tous ces milliers de gens qu'on ne retrouve jamais. Et moins ils réapparaissent, plus cela passionne le public. Regardez l'affaire Dupont de Ligonnès, si j'arrive à découvrir quelque chose, n'importe quoi, il est sûr que j'aurai la une. »

C'est vrai que la disparition de Dupont de Ligonnès est fascinante. Nul doute que si ce Rouletabille avait eu des informations sérieuses sur ce sujet, je lui aurais proposé de nous accompagner pour en savoir plus.

Mais quel rapport ? Une Clio qui apparaît le lundi et disparaît à la fin de la semaine, en quoi cela pourrait-il ressembler à l'histoire d'un homme qui a massacré toute sa famille et réussi à s'évaporer sans laisser la moindre trace ?

Il faut vraiment que les gens n'aient rien à faire pour que ce non-événement suscite des milliers de messages et finisse entre les mains du responsable de la rubrique des faits divers du journal local. Je suppose qu'ils choisissent, parmi toutes les affaires qui sont remontées de la toile, celle qui aura le plus de chance d'exciter le lectorat. Par exemple, une jeune fille, sage et vertueuse, une infirmière, qui aurait subitement disparu, avec une famille bouleversée, un mari aux allures troubles, qui manifesterait un peu trop son chagrin.

Avec un article dans ce goût-là et la capacité de mobilisation des réseaux sociaux, on peut très vite arriver à organiser des marches blanches. Si la télévision régionale rejoint le mouvement, la rumeur peut s'étendre aux chaînes d'info en continu. Si l'histoire plaît au public et que les téléspectateurs accrochent au suspens, cela peut alimenter des plateaux où viennent débattre des psychologues, des sociologues, voire des démographes ou même des géographes, très en vogue en ce moment, sans oublier les représentants des syndicats de police et les « ténors du barreau ».

C'est ce que cherchait le journaliste, un filon à piocher pour ramener une pépite. Je n'arrive même plus à me souvenir de ce qu'il était venu me demander à l'occasion de la sortie de mon dernier roman. La rédaction avait refusé de le traiter dans ses pages « Livres », ils avaient préféré un biais plus people pour en parler. Ça m'avait d'ailleurs agacée, sur le moment. Peut-être voulaient-ils faire le coup d'un roman à clef dont ils auraient découvert ce qu'il cachait, mais ça n'a pas marché. Ensuite, j'ai fui Paris, et je n'ai plus jamais écrit une ligne.

Cette nuit, je rêve que je suis allongée dans un canapé. J'ai les yeux grands ouverts. Je suis endormie, mais j'arrive à suivre du regard un pendule et son balancement régulier. Il s'agit d'une grande chaîne en or au bout de laquelle pend une pampille de cristal qui se serait décrochée d'un lustre. L'ensemble est en mouvement sous mes yeux, comme l'instrument d'un hypnotiseur. Je tente de me lever, tout du moins de soulever ma tête pour essayer d'apercevoir ce qui agite ce talisman. Une voix surgie des murs me répète sans cesse : *Souviens-toi.* Au moment où d'autres images s'apprêtent à prendre forme, je me réveille, grelottant de froid et de sueur. Paul, sur le lit, dort, roulé en boule, le museau dissimulé dans ses pattes en forme de tresses.

Il est 6 heures, le jour se lève à peine. Une fois devant mon café, je tente de reprendre mes esprits. Ils me ramènent malgré moi à un passé avec lequel j'ai rompu. Le songe de cette nuit me colle à l'esprit, j'ai l'impression de tout faire au rythme de ce pendule s'agitant devant mon visage dont j'aperçois le reflet, à gauche, à droite. Ce mouvement lancinant finit par déclencher une forte migraine. J'espère qu'elle va s'estomper, car je ne me vois pas supporter cette douleur stridente toute la journée.

Je n'ai jamais pratiqué l'hypnose, je suis certaine qu'aucun Messmer, aussi doué soit-il, parviendrait à prendre un tel ascendant sur moi qu'il me ferait dormir sur ordre. La simple idée que je pourrais m'abandonner, même pour un bref instant, me terrorise. Ce besoin compulsif d'être en état permanent de vigilance me permet de comprendre nombre de mes penchants. C'est la raison pour laquelle je n'ai jamais bu une goutte d'alcool, ni consommé la moindre drogue. Le seul moment où je parviens à connaître tous les vertiges, toutes les ivresses, c'est lorsque j'écris.

Si, à cet instant, quelqu'un me demandait pourquoi j'ai renoncé à cette passion qui m'apportait tant de plaisirs, comme ça, d'un seul coup, d'une manière aussi radicale, je serais incapable de lui répondre. Il y a, entre ce moment de mon existence et moi, comme un vide, un trou dans ma mémoire. Dès que je tente de réparer cette amnésie, elle laisse la place à une anxiété, pas une angoisse, non, la sensation concrète que quelqu'un me traque en permanence, m'observe dans les angles morts, disparaît, puis réapparaît, telle une menace qui me serre la gorge.

Cet ennemi invisible n'a pas de nom, pas de visage et lorsque, comme cette nuit, il revient, je me dis que je vais enfin le reconnaître, mais je me réveille avant d'avoir pu distinguer la moindre forme.

J'ai quitté Paris pour échapper à cette sensation de danger imminent qui me hantait. J'avais consulté, à l'époque, mais les réponses restaient vagues et approximatives. Il y était question de stress, de choc post-traumatique. À mes yeux, la question qui se pose est beaucoup plus simple. Il y a quelqu'un de bien réel, pas un être fantasmatique, qui a fait irruption dans ma vie et qui m'a mise gravement en danger. L'apparition, il y a huit jours, du panneau *DANGER EN RIVE*, la présence de cette voiture qui surgit, puis se volatilise, m'a confortée dans mon désir de me couper de tout. Ou bien, c'est peut-être mon envie impérieuse de rompre qui a fait apparaître ce panneau et cette voiture comme un mirage dans le désert de ma nouvelle vie. Impossible pour moi de dire si ça va dans un sens ou dans l'autre. Nul doute qu'il s'est passé quelque chose, il y a cinq ans, qui m'a convaincue de prendre la fuite, imaginant que personne ne pourrait venir me chercher ici.

Il tombe un doux crachin de printemps. Paul déteste la pluie, elle le coupe de ses odeurs favorites. La poste est assez loin de la maison, j'arrive juste au moment où s'ouvrent les portes de ce joli bâtiment de briques qui me rappelle le jouet que j'avais reçu, un jour, au pied du sapin. Une jolie petite maison de bois qui m'a permis de jouer à la postière durant des années.

J'ai appris, depuis sa visite, que le postier s'appelle Albert. Je lui montre la pile des recommandés que je souhaite expédier. Il regarde chaque enveloppe avec intérêt et finit par conclure :

« Alors, c'est le grand ménage ! Comme je vous comprends ! Y en a marre de cette prison électronique où on veut nous enfermer ! En plus, c'est à nous, les bagnards, de payer ! »

Albert est persuadé que les gens sont en train de perdre la boule et que pour ceux qui résistent encore, ça ne va pas tarder. Selon lui, les gens crèvent de leur solitude, ils ont cru que tous ces appareils pour, soi-disant, communiquer leur permettraient de faire des rencontres, d'être moins isolés, mais ce ne sont que miroirs aux alouettes et, en fin de compte, tout ce qu'ils font, c'est construire des murs entre eux.

Pour conclure, il me montre la une de *Paris-Normandie* qui résonne comme une preuve à l'appui de sa démonstration.

« Vous avez vu ? Tout le monde ne veut plus qu'une chose : fuir sa vie, quitte à la perdre. »

Je vois une grande photo d'une jeune femme, plutôt jolie, et à côté, une autre image, plus petite, avec le panneau et la Clio, et quelqu'un, probablement moi, qui y entre à moitié. Au-dessus, un titre en grosses lettres sur cinq colonnes : « La disparue de Dozulé ».

La maison de la presse vient, elle aussi, d'ouvrir. Les *Paris-Normandie* sont en piles à côté de l'entrée. Je salue poliment la dame tient la caisse et j'en prends un exemplaire en essayant de garder l'air le plus distant possible. Nous remontons vers la maison.

Quand je vois que nous avons dépassé les dernières habitations et que nous arrivons à l'orée de la forêt, je fais une pause, et je me plonge dans le journal. Je découvre que le prénom du journaliste qui a obtenu la une, c'est Max. Je me dis que ça ne m'étonne pas, il a bien une tête à s'appeler Max, mon Jack Nicholson à la Audiard. Il s'est bien fichu de moi avec son air innocent, faisant celui qui découvrait l'affaire alors qu'à l'heure où il me parlait, son article devait déjà être au marbre depuis longtemps.

D'après ce qu'il écrit, c'est une jeune infirmière de Dozulé, une petite ville voisine, qui serait la disparue de la Clio. Il ne donne pas son nom pour ne pas gêner la famille, elle a 28 ans, mariée à un brancardier qui travaille dans le même hôpital, ils ont deux enfants. Lundi dernier, elle terminait son service à 3 heures du matin, quand le conducteur supposé de la Clio lui a proposé de la raccompagner chez elle. Depuis, plus la moindre nouvelle de l'infirmière.

Max est manifestement un pro de cette gymnastique narrative. Il est même possible que notre première rencontre, avant mon installation ici, ait joué un rôle dans son choix de m'interviewer, que pour lui cette coïncidence entre la romancière que j'étais alors et cette affaire d'aujourd'hui ait pu être un bon signe. J'ai parlé avec Max peu de temps avant de prendre ma décision de quitter Paris. Si ça se trouve, je lui ai raconté l'épisode qui me manque dans ma ligne de vie pour comprendre ce qui me fait si peur, cinq ans après. J'espère qu'il viendra du côté de chez moi et que j'aurai ainsi, de nouveau, l'occasion d'aller à la pêche aux indices.

Très tôt, ce matin, je me retrouve seule dans la cuisine, Paul dort encore. Je reste debout, un peu perdue, comme si j'avais oublié les gestes du quotidien. Il y a, face à moi, un petit miroir où j'aperçois mon reflet. Tout à coup, sans que je l'aie vu venir, des larmes jaillissent. C'est un ruissellement, surgit des profondeurs de mon âme, devant lequel je me sens complètement désarmée. J'ai l'impression que ce flux ininterrompu provient d'une grotte, qui s'est creusée dans mon inconscient depuis des années, que se seraient formées des stalactites, puis, pour une raison mystérieuse, un vent du sud s'est infiltré dans cette cavité secrète, faisant fondre la glace, submergeant ma propre résistance.

Le récit de *Paris-Normandie*, signalant la disparition soudaine de cette jeune femme, me touche, me déstabilise, à cet endroit que j'avais cru avoir fermé à toute émotion. Je découvre, pour la première fois depuis longtemps, une vibration faisant écho à ce désir de m'évaporer. Je me retrouve seule, toujours immobile, figée comme une statue de sel, laissant enfin s'échapper ma peine.

Plus je veux lâcher prise, plus je découvre qu'il ne s'agit pas simplement de tristesse, mais d'une souffrance aiguë. Je me dis, pour reprendre pied, qu'un simple souvenir ne peut pas provoquer une réaction aussi violente. Et pourtant, ces larmes qui me submergent sont bien réelles, et je suis la première à ne pas comprendre ce qui les fait déborder.

Paul se lève, vient me voir et semble me dire : « Ben alors, qu'est-ce qui t'arrive ? » Puis il me lèche le genou, ce qui doit être, à ses yeux, la plus grande marque de compassion qui soit. Je m'entends lui répondre à voix haute, et le seul fait de parler avec lui soulage légèrement la douleur.

Progressivement, mes souvenirs reprennent corps. À l'origine, j'ai été frappée par un deuil qui m'a semblé impossible à surmonter. L'homme extraordinaire dont j'ai longtemps partagé la vie, a été terrassé par un mal foudroyant. Une part essentielle de moi a été détruite dans cette mort soudaine à laquelle je n'ai pas eu le temps de me préparer. J'ai pu, je ne sais comment, mettre des mots sur ce choc, écrire un petit livre sur celui qui nous avait quittés si brutalement. Oui, les mots sont venus, un à un, me tenir compagnie pour cette cérémonie d'adieu qu'on appelle un tombeau, en littérature. Je le sais, ça a été mon dernier livre, comme si le ressort de l'écriture s'était cassé avec sa disparition.

Durant toute la période qui a suivi, je suis devenue autiste, ayant de plus en plus de mal à fréquenter ceux que nous avions connus ensemble. J'étais en verre filé, et chaque parole était une menace d'effondrement.

Il y a des gens, des déséquilibrés, pour qui une personne dans l'état qui était le mien représente une proie de choix. Il faut dire que pour eux, grâce aux réseaux sociaux, le terrain de chasse est sans limite. J'ai eu le malheur de tomber sur un de ces prédateurs. Tel Hannibal Lecter, ils se délectent de la chair de leurs victimes. Bien sûr, pour ceux-là, ce repas cannibale ne peut être que virtuel. Il est essentiel, pour perpétrer le simulacre du crime, de rester dans l'anonymat le plus complet. Pour la victime, c'est un instrument de torture. Ne pas savoir à qui elle a affaire, peut-être quelqu'un de proche, qui pense en savoir long, cela suffit à la faire plonger dans les flammes de l'Enfer.

Cette forme d'agression, qui ne laisse pas les traces sanglantes d'un couteau planté dans le corps, peut produire des effets de destruction redoutables, conduire les victimes jusqu'au suicide ou à la folie, comme on le découvre chez un nombre croissant d'adolescents. C'est ainsi que j'ai été, dans un premier temps, contactée sur Instagram, par une personne qui se présentait comme un fan de mon compagnon disparu et venait me présenter ses plus sincères condoléances. J'évitais, comme toujours, de répondre, mais il revenait à la charge avec des détails de ma vie que je pensais être seule à connaître. Bizarrement, ses propos coïncidaient souvent avec le livre que j'étais en train d'écrire sur mon amour disparu, comme si cet inconnu avait eu un moyen de m'espionner.

Les choses n'ont pas tardé à dégénérer comme s'il avait su disposer de peu de temps pour accomplir sa monstruosité. Il devint rapidement l'incarnation d'une bestialité immonde qui me sautait à la gorge avec ses mots, ses phrases et, bientôt, sa voix. J'ai pensé d'abord que ma façon de percevoir cette menace venait de l'absence de préparation au deuil qui me frappait, que ça finirait par passer. J'espérais que le délire paranoïaque allait s'estomper, diminuer en intensité.

Rien n'y a fait. Je n'ai réussi à refermer ce souvenir angoissant que par la fuite et par une amnésie « locale », comme si l'oubli pouvait être réduit à un simple trou dans la mémoire, mais le rideau s'est redéchiré et je suis aujourd'hui face à lui, aussi désemparée qu'à cette époque-là.

Ma psy m'avait demandé de travailler sur les raisons de cette véritable paralysie face à la menace. Vouloir quitter Paris, arrêter d'écrire, c'était beaucoup, pour quelqu'un qui était, pour la première fois, confrontée à un harceleur. Je vois bien que cette situation était absurde. Un homme, que je ne connaissais pas, était parvenu à se mettre en relation avec moi. C'est une période où j'en croisais beaucoup, sans doute trop.

Une fois qu'il m'a harponnée, il s'est mis à m'insulter, à me charger de tous les maux de la terre. J'étais sidérée, comme clouée au sol. Comment savoir à qui j'avais affaire ? J'essayais d'en faire le portrait-robot. Tout ce qu'il disait était toujours déformé, destiné à me nuire et à agir comme un poison lent. Mais cela était déjà si courant sur la toile que je ne me protégeais pas suffisamment. L'inconnu a fini par trouver mon numéro de portable et s'est mis à m'appeler en pleine nuit, pour me faire subir cette forme de torture psychologique qu'il affectionnait particulièrement.

C'est là que ma thérapeute a cessé de comprendre ce qui m'arrivait, et se traduisait en particulier à travers cette passivité d'autant plus anormale qu'elle ne me ressemblait pas. Elle considérait et, avec le temps, j'ai fini par la comprendre, que j'étais une femme solide psychiquement, aussi forte sur ce plan que fragile physiquement. D'où venait cette incapacité soudaine à parer les coups pour me laisser ainsi massacrer sans réagir, sans même tenter de me protéger, comme si tout mon système de défense, dès lors que je me retrouvais confrontée à lui, s'était effondré ?

Quand il m'appelait à 3 heures du matin, dans un premier temps, ma réaction était celle de la terreur. Puis venaient les larmes et, tandis qu'il ne cessait de me parler, de me recouvrir de son délire, je ne pouvais plus rien faire d'autre que de me noyer, me laisser sombrer, au lieu de raccrocher. Je me mettais alors à l'implorer et, à bout de forces, je le suppliais de me laisser tranquille.

Le parti que j'ai finalement pris, aller porter plainte, était le seul possible, puis refermer cet épisode, fuir, disparaître.

Je me rends compte que je n'ai pas bougé depuis le début de la matinée. Je suis toujours debout, dans la cuisine, je n'ai pas fait le moindre geste.

J'aurais dû empêcher ce souvenir de revenir me torturer, mais voilà, c'est fait, c'est trop tard. Aujourd'hui, je retrouve cette même sensation d'impuissance qui me laisse toujours aussi désemparée, alors que je suis loin, que je pourrais me sentir à l'abri, et que ça s'est passé il y a longtemps.

Il faut que je sorte marcher. Je tente de réguler ma respiration, de reprendre mes esprits. J'attrape le collier et la laisse de Paul. Aujourd'hui, sur la place du village, c'est jour de marché.

Nous allons d'abord au potager préparer un cageot de légumes pour un couple de personnes âgées qui, toutes les semaines et par tous les temps, vendent des petits bouquets de fleurs. Nous passons, comme toujours, leur rendre visite. Ils caressent mon shiba et semblent heureux de ce moment de sérénité.

C'est ce que je recherche, dans ma vie d'aujourd'hui : la douceur, les instants furtifs, la beauté des paysages. Déposer dans mon esprit des taches de couleur pastel, fuir à tout prix la noirceur de ce monde qui fait et défait tout dans un seul mouvement, qui décide du droit de vie ou de mort de n'importe qui sans attendre qu'une vérité puisse voir le jour.

Parfois, le désir d'écrire monte aussi fort que mon envie de rallumer une clope. Mais je m'en empêche, car je n'ai rien à dire, ou plutôt si, peut-être, mais je ne peux pas en faire un roman vrai, où je devrais tout raconter dans les moindres détails, citer des noms, alimenter ce que je fuis depuis toujours.

Je repense à cet homme merveilleux dont j'ai eu la chance de partager la vie. Tout semblait tellement facile avec lui, son énergie réduisait les obstacles à l'état de poussière. J'espère que je n'aurai plus jamais à subir mon impuissance face à la bêtise, l'inculture et la vulgarité, les trois choses qu'il détestait le plus au monde.

Quelques rayons de soleil accompagnent le réveil de cette belle journée. Depuis la découverte de ce panneau me revient le désir, encore fragile, de retourner à l'écriture. J'ignore si un livre existera ou pas. Cela ressemble à une naissance qui ne pourrait se réaliser qu'à partir du choix du prénom de celui qui va naître. J'ai pris l'habitude de noter sur un tableau noir, dans la cuisine, les journées qui s'écoulent depuis cette apparition. Je ne sais pas encore pourquoi, mais j'ai besoin d'être certaine de ne rien oublier.

Le bracelet est toujours à sa place. Je crois savoir maintenant ce qui m'empêche de le déposer à la gendarmerie. Il est devenu un gardien contre les sortilèges. Cette nuit, j'ai rêvé qu'il m'appartenait, les songes ne sont-ils pas, parfois, une transposition de la réalité ?

Mes angoisses de la veille se sont dissoutes, comme si elles n'avaient jamais existé. Je crois qu'elles ont pu être provoquées par l'anniversaire de la disparition de l'homme que j'aimais. Cela fait exactement sept ans. Ma plainte, à l'époque, a porté ses fruits, j'ai été entendue et le juge a condamné mon harceleur à l'internement en hôpital psychiatrique, à Ville-Evrard, au nord-est de Paris. Il ne devait pas se sentir perdu dans cet immense établissement, car il y avait déjà fait de nombreux séjours. Aujourd'hui, cette possibilité d'entrer et de sortir à sa guise n'est pas faite pour me rassurer. On m'a certifié qu'il est resté dans le périmètre de la région parisienne car s'en éloigner serait, à ses yeux, déchoir socialement.

J'ai droit, comme chaque matin, à un petit numéro de Paul. Il passe sa tête dans la trappe, ce qui lui permettrait de sortir, puis il recule. Il refait ce mouvement d'avant en arrière pour me montrer que je traîne et qu'il en a marre de m'attendre. J'enfile ma veste, attrape le collier, la laisse, et hop ! Nous prenons notre chemin habituel. Arrivée près de l'église Saint-Roch, je découvre un corbillard stationné devant l'entrée du cimetière. Si je n'avais pas mon chien, j'aurais volontiers cherché à en savoir plus.

Ma curiosité est insatiable. C'est un tel bonheur de parler à quelqu'un qui me raconte sa vie, cela me passionne, je veux tout savoir. On m'a toujours dit que j'avais un don pour faire parler les gens. Il est vrai que souvent, au bout de cinq minutes de conversation, je sais beaucoup de choses sur mon interlocuteur. À condition, cependant, que cet échange ait lieu en vrai. En « présentiel », comme on dit maintenant, en usant de ce mot horrible pour définir le fait d'être ensemble.

Comment savoir qui se cache derrière un écran, comment les gens peuvent-ils croire si facilement à tout ce que les applications virtuelles leur racontent ? Elles leur vendent du rêve pour les rendre jaloux, pour les faire exister à travers des microfictions recouvertes d'un filtre ne laissant plus aucune place au temps qui passe. J'imagine souvent ce qui se cache par-delà ces faux-semblants. Je ne vois que le rien, le vide, derrière les drames de l'existence que vit le commun des mortels.

Ce matin, depuis mon réveil, je suis tiraillée entre deux désirs. D'un côté, j'aimerais ne pas avoir à attendre que toute cette paperasse aboutisse à la clôture de mes abonnements pour me passer de l'un de ces nombreux appareils qui m'envahissent. D'un autre côté, je pourrais écouter pendant des heures, avec une excitation immense, des gens, des vraies gens, me raconter ce qu'ils ont appris sur cette terrible histoire de l'infirmière de Dozulé.

Nous approchons du village. Je remarque, tout de suite, que des avis de recherche ont été placardés sur les arbres, sur les poteaux électriques.

Des tracts sont dispersés çà et là. Ils ne parlent que d'une chose, la seule qui agite toute cette communauté, d'habitude si calme : la disparition de l'infirmière.

D'après la rumeur, la gendarmerie ne possède aucun indice, mais il y aurait désormais un doute sur la Clio qui pourrait ne pas être le véhicule de l'enlèvement. On dit que cette jolie jeune femme de 28 ans, dont le prénom est Chrystelle, menait une vie sans histoires.

J'ai toujours trouvé cette formule suspecte. Une vie sans histoires, ça n'existe pas. Chaque fois que la police met la main sur le pire des assassins, les témoignages évoquent tous à quel point c'était un bon voisin, un père merveilleux, un mari formidable. Où cette femme a-t-elle disparu ? Peut-être que, comme moi, le jour était venu pour elle de réaliser son rêve de changer de destin. En lisant l'annonce plus attentivement, je vois qu'une marche blanche est organisée dans trois jours, le jeudi 27 avril, à Dozulé. Il se passe enfin quelque chose dans ce coin normand si tranquille.

Devant la supérette de la rue principale, je laisse Paul attaché au clou réservé aux chiens, il me regarde faire en plissant le museau. Je prends mon temps, je déambule dans les rayons, laissant traîner mes oreilles, j'entends qu'il y a eu des battues, un grand nombre d'habitants ont accompagné les forces de l'ordre, y compris la nuit.

Justement, Chrystelle avait terminé tard et sa voiture était restée au garage. Le fait d'avoir accepté d'être raccompagnée chez elle confirme qu'elle connaissait celui qui le lui a proposé. Certains sont persuadés que cet homme est l'amant de l'infirmière, un chef de service, un chirurgien, comme dans un roman de Barbara Cartland.

Le degré de romantisme des créations les plus populaires est sans limite. De mon côté, je ne suis pas jalouse des performances commerciales de ces auteurs à succès, je me suis toujours sentie incapable d'écrire ce genre de roman et, de toute façon, c'est un autre plaisir que je recherche dans l'écriture. Par contre, quand je me compare à Chrystelle, je me dis que c'est incroyable le nombre de gens qui se mobilisent pour la retrouver après seulement une semaine, alors que moi, après cinq années sans donner de nouvelles, je compte sur les doigts d'une main le nombre de ceux qui ont cherché à en recevoir.

Disparaître est peut-être un privilège dont sont exclus ceux qui ont des vies prévisibles et encadrées. On a dit, jeune et jolie infirmière, mariée avec deux enfants. Une telle personne est visible et repérable à chaque minute de sa vie. Elle n'a pas le droit de disparaître. À moins de transgresser toutes les règles du quotidien, de se laisser aller à un romantisme échevelé ou de se faire assassiner par un monstre sanguinaire. En général, j'ai un bon instinct en matière de faits divers. Je n'ai pas du tout l'impression que cette femme ait été tuée. Bien sûr, on peut toujours tomber sur un serial-killer, mais statistiquement, ça doit être assez rare, ce qui n'empêche pas l'imaginaire collectif d'en créer à la pelle.

Je doute que l'infirmière de Dozulé soit tombée, à 3 heures du matin, sortant de l'hôpital, sur Dexter au volant de sa Clio. Ou qu'on la retrouvera morte chez elle, sous une dalle de béton. Je penche plutôt pour une autre hypothèse. À mon avis, la jolie Chrystelle, surmenée par sa vie professionnelle, déçue par sa vie conjugale, a voulu, comme moi, se retrouver seule, libérée. Elle a craqué et je suis convaincue qu'elle finira par réapparaître, trop désespérée de ne pas pouvoir revoir ses enfants.

Aujourd'hui, c'est mon anniversaire. J'ai pris l'habitude de passer cette journée cloîtrée dans le silence le plus absolu et de n'adresser la parole à personne, sauf à Paul, bien sûr, qui n'y est pour rien. Mais dès le début, les choses ne se déroulent pas comme je l'aurais souhaité. Je reconnais, à travers les rideaux, la voiture du lieutenant.

Son attitude a légèrement changé. Il est moins affable, reste debout sans même accepter le café que je lui propose. Il a cherché à me joindre, mais je ne répondais pas, ni sur mon portable, ni sur mon téléphone fixe. En se renseignant, il a découvert que j'étais en train de me désabonner de tous les services qui me permettaient de rester en contact avec le monde extérieur. Ça l'a intrigué et c'est la raison de sa visite matinale. J'ai presque envie de lui dire que c'est mon anniversaire, mais ce serait déplacé, « inapproprié », encore un de ces mots à la mode. Je garde le silence.

C'est alors qu'il change de sujet et me parle de nouvelles techniques permettant, par exemple, de rendre nette une image qui était floue à première vue. Je me doute que s'il me livre ce détail, c'est qu'ils ont pu me reconnaître sur la photo où j'entre dans la Clio. En passant ma main machinalement sur la poche arrière de mon jean, je sens l'étiquette en cuir de la marque qui, très probablement, m'a dénoncée.

Il poursuit en me demandant si j'ai trouvé quelque chose sur le sol du véhicule. Pas de doute, nous avançons en terrain très glissant, surtout pour moi.

Je bredouille que la curiosité est l'un de mes nombreux défauts, que lorsque j'ai vu cette voiture qui semblait abandonnée au bord du rond-point, je n'ai pas résisté au désir d'aller voir à l'intérieur, et que, non, il n'y avait rien, en tout cas que je n'ai rien trouvé. Je vois bien qu'il m'écoute avec un certain scepticisme.

En repartant, il me lance avec une pointe de nonchalance : « Passez me voir à la gendarmerie, quand vous aurez un moment. J'aimerais qu'on reprenne précisément votre déposition. » Rien ne peut m'angoisser plus que ce genre de phrase. J'ai l'impression d'avoir mis le doigt dans un piège, d'être dans la *seringue*, comme disent les malfrats.

Durant tout cet entretien, j'ai eu la sensation que chaque son qui sortait de ma bouche sonnait faux. Je dis à Paul qui me regarde fixement :

« J'ai été mauvaise, n'est-ce pas ? »

Partageant mon désarroi, il enfouit son museau entre ses deux pattes. Je ne peux pas continuer à improviser comme je le fais, je vais droit dans le mur. À l'avenir, je dois tout préparer avec minutie, envisager toutes les possibilités, afin de ne pas être prise de court ou à contre-pied.

Lors de la promenade, j'essaie de rassembler mes esprits. L'idée de me rendre au village m'intéresse. Je suis devenue si sensible aux vibrations des autres que si les gens parlent dans mon dos ou s'ils ont des doutes à mon sujet, je le percevrai. Il faut que je me calme. Après tout, personne ne va aller me soupçonner d'avoir assassiné l'infirmière. Ce qui est en jeu dans les questions soulevées par le gendarme, c'est l'image qu'on peut se faire de moi. Je ne suis pas quelqu'un de cohérent. Ce que je fais, les pensées qui sous-tendent mes actions, ne sont pas habituelles, je ne suis pas comme les autres et ça se voit. Je rêve pourtant d'être à l'opposé de tout cela : aussi normale et banale que possible, sans le moindre grain de folie, me fondre dans la masse, devenir invisible.

Je me trouve maintenant devant trois objets qui devraient être sans histoire. Un panneau indicateur, une voiture et un bracelet. Quelqu'un de « normal » ne devrait même pas y penser. En quoi cela pourrait-il me concerner ? C'est justement ce qui ne tourne pas rond, cette angoisse que ça provoque en moi, mais ce qui me rassure, c'est qu'en fait, tout le monde s'y intéresse.

Personne ne trouve de lien quelconque entre la disparition de l'infirmière et la présence de ces trois éléments, sauf moi qui ai fini par alerter le gendarme. Au point où j'en suis, la seule solution est de revoir ma déposition afin de dissiper les malentendus. Le faire le jour même de sa visite serait une maladresse de plus et, pour un anniversaire, ce ne serait vraiment pas un cadeau.

Je regarde les vitrines à la recherche de ce que je pourrais m'offrir. Finalement, je m'arrête devant la boutique d'un bourrelier à l'ancienne. Je découvre un magnifique collier pour chien qui irait si bien à la rousseur de Paul. Voilà, pour mon anniversaire, je ne peux qu'offrir un cadeau à mon chien.

Il va falloir aussi que je me concentre sur l'histoire de Chrystelle car, s'il s'agit véritablement d'un crime, je ne peux pas me permettre de traiter les soupçons soulevés par mes déclarations comme des vétilles.

En réalité, c'est l'article de Max qui a créé la confusion entre les deux affaires, la grande photo de Chrystelle et, à côté, toute petite et floue, celle où j'entre dans la Clio. Avec le recul, ce rapprochement m'apparaît dénué de tout fondement. D'ailleurs, rien dans son reportage, n'éclaire le lecteur sur le rapport qui pourrait exister entre les deux faits. Était-ce son idée de lier les deux photos ou est-ce la gendarmerie qui le lui a suggéré ?

Il faudra aussi que je pense à lui demander pourquoi c'est lui, chargé des faits divers, qui m'avait été envoyé à l'époque et non un journaliste littéraire. J'aimerais également parler d'un autre article qu'il a écrit sur les faux souvenirs et la mémoire induite. Les doutes exprimés par Freud, au début de ses travaux sur cette catégorie de mémoire, avaient déclenché la polémique, plus tard, dans les années 1970, en remettant en cause la valeur juridique des récits fondés sur des souvenirs anciens. La possibilité qu'un psy parvienne à insérer tel ou tel fragment de souvenir est un sujet qui revient à la mode avec le questionnement sur l'imprescriptibilité des crimes sexuels comme le viol ou l'inceste.

Ce doit être le flair du journaliste, au moment où je m'approche de la maison de la presse, je le vois en sortir et se diriger vers moi. Il me propose de prendre un café, nous entrons dans cette merveilleuse boulangerie à l'ancienne, qui a su garder un coin salon de thé semblant sorti d'un roman de Flaubert. Il est content de m'avoir croisée car il avait l'intention de me rendre visite pour me montrer quelque chose. Je le vois sortir un vieux papier chiffonné rangé dans son carnet de notes. Il voulait me le montrer depuis longtemps, mais l'occasion ne s'est pas présentée. En dépliant la feuille, je reconnais l'écriture au style agité, avec des caractères qui partent dans tous les sens. Il s'agit d'une lettre adressée par mon harceleur au journaliste. Je constate tout de suite le caractère authentique de ce document, les graffitis de l'auteur sont toujours agrémentés de dessins représentant les positions est-ouest et nord-sud comme si la lettre devait pouvoir être repérée par un GPS imaginaire.

Max m'explique qu'il a reçu cette lettre, calomnieuse à mon égard, au moment de la sortie de mon dernier livre. Il avait bien vu qu'il s'agissait de la missive d'un fou et n'y avait prêté aucune attention. Il s'était, cependant, promis de me la montrer, ne serait-ce que pour me mettre au courant. Et là, il me propose de la garder.

« Surtout pas ! je lui réponds en repoussant ce torchon. Vous n'avez rien de plus agréable à m'offrir ? »

Il me répond qu'il peut m'en dire plus sur la disparition de Chrystelle et voit, à ma réaction, que le sujet m'intéresse.

La mobilisation de la population autour de cette disparition a été forte. Le métier exercé par l'héroïne de cette histoire y est pour beaucoup. Nombreux sont ceux qui réclameraient vengeance si on découvrait qu'un monstre est à l'origine de ce drame. Plusieurs pistes sont suivies par la police judiciaire qui a repris le dossier en main. Il y a même une sorte de réincarnation de Maigret qu'on a sorti du placard pour aider les enquêteurs. Ils n'écartent aucune hypothèse. Ainsi, la Clio, qui était apparue un moment comme le véhicule ayant servi à l'enlèvement et qui a ensuite mystérieusement disparu des radars, est redevenue le centre de leurs cogitations. On ignore où elle est, mais les enquêteurs de la police scientifique ont eu le temps de repérer, sous le siège avant droit, les traces d'un objet qui serait tombé sur le tapis et qu'on n'a pas retrouvé.

Je fais mon possible pour qu'il ne puisse pas mesurer mon trouble. J'essaie de détourner son attention en évoquant son article sur la mémoire induite. Il se montre à la fois flatté et surpris que je puisse faire un rapprochement avec la disparition de l'infirmière. « Si elle a été la victime d'un détraqué, je ne crois pas qu'il puisse y avoir prescription », me suggère-t-il sur un ton gentiment moqueur.

Je lui réponds que ça n'a pas de rapport avec l'histoire de Chrystelle. C'est plutôt moi qui me suis reconnue en lisant son article. Je lui décris les phénomènes étranges qui m'arrivent parfois depuis que je suis sortie de réanimation. C'était au moment de notre première rencontre. Depuis, je suis parfois confrontée à un trou noir, comme si certains souvenirs avaient été effacés de mon esprit, en revanche, pour d'autres qui remontent à ma mémoire, j'ai l'impression de ne pas les avoir vécus, comme s'ils venaient occuper une place vide dans mon cerveau, qui n'était pas la leur.

Je vois qu'il ne sourit plus. Il souligne qu'il n'avait rien remarqué chez moi, et m'avoue n'avoir jamais entendu parler de ce genre de trouble qui formerait comme des « trous dans une raquette ». Il n'a pas eu vent d'une telle maladie, et pourtant, il a longuement travaillé sur le sujet. Il revient ensuite à ce qui l'intéresse particulièrement :

« Vous souvenez-vous avoir ramassé un objet dans cette Clio ? »

La tête me tourne. Je décide de ne pas lui répondre. Je me lève, prétends que je suis en retard pour un rendez-vous. Quand je fais une tentative pour payer, il la repousse de la main avant de se lever et de me saluer.

Il me faut respirer tout l'air frais des environs, afin de récupérer et de reprendre mon souffle.

Paul tire sur sa laisse comme pour vérifier la solidité de son nouveau collier. J'ai le cœur qui déraille. Cette conversation avec le journaliste fait remonter dans mon esprit et dans ma gorge tout ce que j'avais réussi à effacer.

Les agressions constantes du fou avaient eu raison de ma résistance. Parfois, au cœur de mon séjour en réanimation, son visage apparaissait pour me signifier l'instant de ma mort, au point qu'il avait fini par l'incarner. Il a su trouver la faille à travers laquelle son psychisme d'être malfaisant s'est engouffré. Au terme de ses raisonnements, il parvenait à m'embrouiller au point de me rendre illégitime à moi-même. Je finissais par ne plus me voir qu'à travers son délire. Un fou paranoïaque peut-il avoir le pouvoir de massacrer sa victime par la seule force de sa folie et de ses mots ?

C'est à partir de cette expérience limite que je n'ai plus trouvé de sens à ma vie, pas plus qu'à l'écriture. À quoi bon continuer d'écrire ? Les phrases, celles que l'on prononce, comme celles que l'on écrit, deviennent des armes de destruction massive. Elles ne nous servent plus qu'à proférer des réquisitoires dont le but est, de plus en plus, de nous étrangler. On peut toujours appeler ça la « libération de la parole » mais au fur et à mesure que les mouvements d'émancipation prennent le pouvoir, une seule dénonciation, jetée comme ça, en pâture, à des médias complaisants, suffit à condamner à une mort sociale n'importe qui, surtout quand la justice ne peut plus agir, qu'elle est prescrite, par exemple. Dieu sait pourtant comme je crois aux bienfaits de toutes les formes de libération des opprimés. Est-ce une fatalité si ça se termine toujours en boucherie ? Qui aurait pu imaginer, au moment de l'essor d'internet, quand il permettait à des chercheurs de communiquer entre eux, à travers le monde, de travailler ensemble pour le bien de tous, qu'il finirait par devenir cet instrument de torture ?

La vérité se mêle aux mensonges, c'est devenu la règle. Dans l'écriture, c'est pareil. Un romancier raconte ce qu'il croit avoir vécu mais en fait, rien n'est plus fuyant que les souvenirs dont il reconstitue sa vérité. Contrairement à la justice, la littérature ne prétend pas être en mesure d'établir quoi que ce soit, en son âme et conscience. Cette question de la liberté absolue qu'exige la création ne sera jamais tranchée.

Je me rends compte, en rentrant, que je n'ai même pas pensé à fermer la porte à clef. Tout en caressant la tête de Paul, j'admire le cuir fauve de son nouveau collier, une pièce unique pour un chien unique. Je fais chauffer de l'eau dans la bouilloire et sors de sa boîte un sachet de thé noir. J'ouvre le placard où je range les tasses, j'en ai mille fois trop, mais je ne peux pas résister : dès qu'il y a une brocante dans le coin, j'en achète de nouvelles, les plus anciennes et les plus kitch possible. En attrapant un mug au fond du placard, je retrouve un autre vieux paquet de cigarettes qui devait traîner là depuis mon déménagement. Je le prends, je sors une clope, je la respire et, bien sûr, je l'allume à l'aide du feu de la gazinière. J'aspire la première bouffée depuis plus de cinq ans, j'en avais oublié le goût. La tête me tourne aussitôt, je m'assieds, je tire une deuxième fois et je finis par la passer sous l'eau du robinet. Quelle amère expérience ! Moi qui en rêvais.

Ma tasse de thé est brûlante, comme l'est mon esprit. Paul pousse de petits grognements, j'ai l'impression d'entendre des grincements de parquet en provenance du grenier. Je monte pieds nus à l'étage, Paul me suit. Au fond du couloir, une petite porte donne sur quelques marches qui mènent dans cette partie de la maison où je ne vais jamais, c'est rempli de cartons de livres, les miens, de vieux albums de famille, d'objets chinés.

« Il y a quelqu'un ? »

Depuis que je parle aussi peu, lorsque cela m'arrive, j'ai l'impression que ma voix ne m'appartient plus. Seul le silence répond à ma question. Je monte les quelques marches conduisant au grenier avec précaution, je sens à nouveau mon cœur qui s'emballe. Le soleil pénètre les deux fenêtres pareilles à deux hublots d'une cabine de paquebot. Non, il n'y a personne. Peut-être une souris téméraire qui viendrait affronter Paul. En balayant la pièce du regard, j'aperçois, posé sur le sol, un objet qui scintille. Je m'agenouille pour le saisir du bout des doigts. C'est le bracelet que j'avais cru laisser sur la table de nuit.

Je ne cherche même pas à me l'expliquer. Qu'il y ait un deuxième objet strictement semblable au premier, ou qu'il y en ait des milliers, ne me pose aucun problème. Je pense avoir dépassé ce stade. Erwin Schrödinger a imaginé ce qu'il appelle « une expérience de pensée » pour permettre à ses élèves de mieux comprendre la mécanique quantique. Inutile de dire à quel point je n'ai rien compris à tout ça. Il ne m'en est resté qu'une sorte de fable selon laquelle un chat est enfermé dans une boîte. Je peux même dire que dans mon esprit, ce chat ne peut être que de couleur noire. Dans cette boîte, où le chat est enfermé, il existe un dispositif qui tue le malheureux animal dès qu'est détectée la désintégration d'un atome appartenant à un corps radioactif, lui-même relié à un interrupteur provoquant la chute d'un marteau qui vient casser une fiole de poison.

Schrödinger souligne que, tant que l'observation n'est pas faite, le chat serait simultanément dans deux situations potentielles : mort et vivant à la fois, du moment qu'on n'a pas ouvert la boîte. Seule cette ouverture, métaphore de l'acte d'observation, peut déclencher le choix entre ces deux états. Sinon, impossible de dire si le chat est mort ou non, tant que le mécanisme de l'observation n'est pas enclenché. Notre esprit accepte facilement ce jeu tant qu'il s'agit d'une particule, mais s'il s'agit du sort d'un animal familier, comme ce chat noir, c'est beaucoup plus difficile à admettre. Je n'évoque même pas ce qu'il adviendrait de cette fable s'il s'agissait d'un shiba.

Ceci résume bien mon état d'esprit actuel. Autrefois, mes romans tournaient tous autour de la disparition. Il y était question de relations, de dialogues avec des personnes disparues. Sous ma plume, le lien avec les défunts pouvait se rétablir. Il s'agissait de la possibilité de les faire réapparaître, alors que pour y parvenir, j'acceptais d'engager ma propre disparition. Il y avait bien là une tricherie car ma supposée disparition n'était qu'une métaphore de celle du romancier qui s'efface pour mieux observer autour de lui, alors que la mort de celui que j'évoquais était, elle, bien réelle.

Aujourd'hui, je tourne toujours autour de ce thème, mais ce n'est plus la mort qui est en question. Mes nouveaux disparus sont ceux qui ont décidé de changer de vie.

Avec tout ça, je n'ai pas pensé à surveiller Paul. Le voilà qui a profité des circonstances pour attraper le bijou dans sa gueule et se précipiter ventre à terre vers le premier étage. Je le suis aussi vite que possible, mais quand j'arrive à le rejoindre enfin dans la chambre, il est déjà là. Je le trouve assis sur ses pattes arrière. Il me jette un regard narquois, l'air de dire : « Moi, la théorie des quanta, voilà ce que j'en fais ! » Le bijou est là, sur ma table de nuit, je le prends afin de vérifier si Paul y a laissé un peu de bave. Rien.

Je me mets alors à chercher partout, sous le lit, dans les coins, sur les chaises et les fauteuils. Toujours rien. Juste Paul qui me regarde, ironique.

Je n'ai pas vu le temps passer, il est déjà l'heure de la deuxième promenade de Monsieur. Au moment de sortir, je vois arriver une Peugeot 403 grise qui s'arrête devant chez nous. Très années 1970. En sort un homme de corpulence assez forte, avec un chapeau et une pipe. Je ne peux retenir un « commissaire Maigret ! » admiratif. L'homme incarnerait le personnage de Simenon presque aussi bien que Bruno Cremer. Je le prie de me pardonner pour cette réflexion, qui est sortie malgré moi. Il m'explique que ce n'est rien, qu'il est habitué.

Après m'avoir dit que la police judiciaire avait pris le relais de l'enquête, qu'ils lui avaient demandé un coup de main, il me propose de faire quelques pas avec nous pour bavarder. Je n'aime pas ça. La suite me donne raison. Il me dit avoir épluché le dossier et en être ressorti avec une intuition très forte. Comme je me tais, un peu pétrifiée, il reprend en me disant que son intuition est que je mens depuis le début, depuis ma déposition à la gendarmerie. Comme je lui oppose ma bonne foi, que je ne comprends pas ce qui le conduit à penser ça, il me coupe la parole et déclare soudain que, par exemple, j'ai prétendu ne pas connaître la personne disparue, alors qu'il a la preuve matérielle que je l'ai très bien connue. C'était il y a longtemps, dans des circonstances particulières.

« Ne me dites pas que vous ne vous souvenez pas de Chrystelle qui s'est si bien occupée de vous lorsque vous avez été admise en réanimation. »

Je crois que mes jambes me lâchent.

Je n'ai pas fermé l'œil de la nuit. Je me suis tournée en tous sens, pour effacer la sentence brutale du commissaire à la retraite. Rien à faire. Chaque mot prononcé par lui est une vrille dans ma tête. Il a vu juste, sans doute, mais uniquement de son point de vue, cartésien, si français, entièrement centré sur son enquête. En réalité, il s'est trompé, je n'ai jamais menti à propos de Chrystelle.

Si cette jeune femme occupe une place spéciale dans ma vie, c'est qu'elle est au centre de cette béance qu'est devenue ma mémoire défaillante. Mon cerveau a effacé minutieusement toute cette période passée en réanimation. C'est à ce moment-là que Chrystelle a été recrutée pour son premier poste d'infirmière. Elle était là, jour et nuit, à se battre pour que les patients survivent. Nombre d'entre eux ont été mis en coma artificiel. J'étais une des rares à ne pas l'être et je consacrais le peu d'énergie qui me restait à échanger quelques mots avec elle. Ce ne sont pas des souvenirs dont je parle, mais des faits que j'ai reconstitués à l'aide d'un raisonnement qui prend le relais de ma mémoire émotionnelle.

Quand je l'ai rencontrée, elle venait de se marier et elle espérait avoir deux enfants, elle aurait pu ainsi retourner vivre dans sa Normandie natale qui lui manquait, retrouver son village, ses voisins qui la faisaient rire. Cela peut sembler stupide, mais je me raccrochais à son énergie, à chacun de ses mots comme à autant de bouées de sauvetage.

Quelques mois plus tard, quand j'ai pu commencer à envisager de sortir de l'enfer et de reprendre une vie presque normale, tout a été effacé, plus la moindre trace de Chrystelle dans mes souvenirs. Mais là, je me souviens, tout est en train de remonter à la surface.

Il y a un an, peut-être deux, elle avait fini par me retrouver, était venue me rendre visite. Ce qui s'était passé il y a cinq ans m'échappait comme toutes les fois où nous nous sommes revues, par la suite. Aussi étrange que cela puisse paraître, je ne la reconnaissais jamais et n'avais pas le moindre souvenir de nos échanges. Elle est la seule personne avec qui cela m'arrive, c'est le plus surprenant. Si cette amnésie locale m'arrivait avec d'autres gens, je me dirais qu'il s'agit peut-être d'un début d'Alzheimer.

Quand je ferme les yeux, je ne vois pas à quoi elle ressemble. Son visage s'efface comme sur un dictaphone qui deviendrait sourd et muet. Par contre, lorsque j'arrive à sortir de ma sphère affective ou émotionnelle, que je reconstitue les enchaînements logiques, comme si cela se passait dans un laboratoire, je parviens, tant bien que mal, à rétablir les événements.

Pourtant, quand j'ai vu sa photo en une du journal local, je ne l'ai pas reconnue. J'imagine que la période récente a été difficile à vivre pour elle. L'hôpital déborde de patients contaminés par les innombrables variants du virus. Chrystelle ne cesse de faire des heures supplémentaires. Sa vie conjugale, qui se passait plutôt bien jusque-là, est en train de se fissurer. Elle est tombée amoureuse de son chef de service, une passion dévorante qui a réduit encore plus sa capacité à récupérer. Elle est dépassée par les événements, surmenée, et n'a même plus assez de patience pour ses enfants.

Tout cela, je le sais, mais d'une façon que je pourrais qualifier d'abstraite. Dans le concret, il suffit que mes pensées s'éloignent ne serait-ce qu'une seconde et, subitement, tout s'efface. Il ne me reste aucune trace. J'ai tenté de trouver d'autres personnes avec qui ce phénomène étrange pourrait se reproduire. Mais non, ce n'est réservé qu'à cette femme, qui, malgré tout ce qu'elle a fait pour moi, reste une étrangère.

J'aimerais bien la retrouver pour savoir si nous nous sommes vues avant sa disparition, que je situe dimanche dernier, avons-nous discuté ? C'était il y a une semaine seulement, et pourtant j'ai l'impression que ça s'est passé il y a des années. Avec elle, le temps glisse comme sur une patinoire. M'a-t-elle raconté ce qui lui arrivait, ce qu'elle voulait faire ? Je me dis que si elle était toujours portée disparue, jamais l'ex-commissaire ne m'aurait parlé de façon aussi brutale. Je ne sais pas pourquoi je pense à ça. J'ai peut-être, moi aussi, des intuitions.

Si l'infirmière, telle Pomponette, est rentrée au bercail, je ne vois qu'une personne, au village, qui pourrait m'en dire plus : mon journaliste de *Paris-Normandie*. Je décide de rassembler mes forces et, même si quelque chose me dit que je fais une bêtise, je ne peux pas m'empêcher d'essayer d'en savoir plus. Cette fois-ci, Paul m'attendra à la maison.

L'antenne locale du journal est en pleine ébullition, mais les portes sont soigneusement fermées et on n'entend pas les échanges téléphoniques qui ne sont faits que de chuchotements. Par-dessus ses lunettes, Max me lance :

« Alors vous ! Vous avez du nez ! »

Il me prend par le bras pour m'inviter à m'asseoir. Je découvre qu'il y a, posée sur son bureau, une maquette de la Une du lendemain.

« C'est celle de demain ? »

Il me répond :

« Vous savez lire à l'envers ? Oui, ça part au marbre. »

À l'entendre, à observer son manège, j'ai l'impression qu'il pense que je suis au courant de tout. Il ajoute, en me regardant cette fois par-dessous ses lunettes, qu'il m'a vue, la veille, en train de bavarder avec le détective privé. Oui, l'ancien commissaire. Je réagis tout de suite en précisant que ce n'était pas le soir, mais en fin d'après-midi, à l'heure de la promenade de Paul.

Il me demande de tenir ma langue jusqu'à la sortie du quotidien du lendemain.

« Ça va faire boum ! » conclut-il.

L'infirmière est bien rentrée à la maison et a demandé grâce pendant vingt-quatre heures, le temps de retrouver son mari et ses enfants sans être bousculée par l'« effervescence médiatique », pour ne pas dire l'« hystérie ». J'ajoute alors, à destination de mon journaliste que je trouve de plus en plus sympathique :

« Pas très habile à votre égard, cette formule. »

Je vois qu'il apprécie.

Si l'infirmière est rentrée chez elle, l'histoire est terminée, que pourrait-on ajouter ? Qu'on a dérangé un ancien grand commissaire de Paris pour rien ? Que les Normands peuvent retourner tranquillement à leur routine. Le Rouletabille local, adoptant un air entendu, me dit que je pourrai découvrir une interview surprenante du détective privé sur l'affaire. Quand je pense que ce dernier m'a traitée de menteuse, comme ça, tout à trac, dès notre première conversation. Comment peut-on me traiter de menteuse ?

L'idée d'avoir abandonné Paul seul à la maison me fait tressaillir. Quand je le rejoins, il est déjà tard et nous nous installons tous les deux devant le feu de cheminée. Ce moment est une parenthèse méditative incontournable. Il y a eu tant d'émotions. J'ai besoin de laisser retomber l'orage, d'ordonner mes pensées et d'en reprendre le contrôle.

Il est clair que la révélation de l'identité de Chrystelle a bousculé une partie de ma mémoire troublée. J'ai la sensation d'avoir dépassé une zone de nuages et de turbulences, durant laquelle je ne voyais plus rien, et que la procédure d'atterrissage va commencer. Le paysage apparaît soudain, tout va me revenir, je ne sais pas si ça me plaît, mais c'est excitant.

Une image précise se dessine. Je suis allongée sur le trottoir. J'ai du mal à respirer. Il se forme un attroupement. Un homme prend la situation en main. Il est médecin. Un appel est passé aux pompiers qui ne tardent pas à arriver et à me transporter à l'hôpital, directement en réanimation. Je revois Chrystelle et je la reconnais, je comprends que c'est cela qui s'est passé il y a cinq ans. Je la reconnais ! je m'en souviens. C'est incroyable ! Je me repasse la scène en boucle dans ma tête, comme si je réapprenais à respirer après cinq ans d'étouffement.

Je suis comme ivre des substances que je sens circuler dans ma tête. J'ai de la réserve et je peux explorer beaucoup plus loin, creuser plus profond. Ce n'est pas que j'ai menti, monsieur, c'est que je me suis perdue et que j'avais fini par disparaître en moi-même. Je revois les courbes qui mesuraient mes fonctions vitales. Elles étaient toutes en chute libre. La fonction cardiaque n'opérait presque plus, la fonction respiratoire était dans le même état, tout le reste était à mettre à la casse. Pas de doute : j'étais en train de mourir. Parmi les produits qu'on me perfusait, il y en avait un, manque de chance, auquel j'étais allergique et j'ai fait un choc anaphylactique qui comprimait mon cerveau. Je commence à comprendre pourquoi j'ai préféré effacer tout ça.

Je profite de ce moment de clairvoyance pour tenter de retrouver ce véhicule roulant à toute allure qui m'avait percutée et jetée sur ce trottoir, quasi morte. Remontent alors les guides de mon éducation. Une phrase les résume : « Il faut apprendre à devenir invisible. » On ne peut s'épanouir que dans la discrétion. Cesser d'apparaître permet d'abdiquer devant la vulgarité d'une volonté de toute-puissance. On m'a appris, très tôt, à m'opposer à la lutte pour la reconnaissance et la notoriété. Il suffit de voir le monde tel qu'il est pour lui préférer l'anonymat. Il faut observer l'intelligence animale qui sait comment se camoufler pour survivre et échapper aux prédateurs. Voilà comment j'ai été dressée à devenir un caméléon, à m'éclipser.

Il y a, justement, un prédateur qui m'a poussée à bout, menée jusqu'à cet état d'évanouissement. C'est l'effet qu'a réussi à produire sur moi mon harceleur, durant ma période de deuil, me perturbant au point de me faire perdre la tête, de me faire renverser par une voiture. Au début, il m'appelait en pleine nuit pour déverser dans mon oreille son torrent de haine et de démence. C'est ce qui a été à l'origine de ma descente aux enfers. Aujourd'hui, j'arrive, pour la première fois, à me le représenter sous des dehors plus cocasses. Il a opéré en moi à la manière de Freddy Krueger. Ce personnage terrifiant, s'introduisant dans le cerveau des adolescents qui hurlaient dans la salle de cinéma dès qu'il apparaissait sur l'écran, faisait toujours irruption au moment de s'endormir. La seule méthode pour lutter contre lui était de rester éveillé aussi longtemps que possible.

Je n'ai pas réussi à tenir face à mon harceleur. Dès que j'allais m'endormir ou me laisser aller à rêver, il surgissait dans mon esprit et je me réveillais en sursaut. J'ai fini par perdre complètement le sommeil, ce qui a détraqué toutes mes fonctions vitales qui n'avaient plus aucun garde-fou. Mon cerveau s'était déconnecté.

Les souvenirs perdus me reviennent, maintenant, par vagues et, bien que je sois face au feu de cheminée, c'est la mer dont j'entends les ressacs. Mon harceleur ne me fait plus peur, peu à peu, chaque trait de son visage se dessine. Il n'est plus cette boule d'angoisse nichée au plus profond de mon ventre, sous les anxiolytiques. Je suis, maintenant, face à moi-même, et je vais devoir essayer de comprendre ce qui s'est passé depuis le premier jour, c'est-à-dire le lundi 15 avril, ce que j'ai fait et dans quel but.

Durant toute la nuit, je garde les yeux grands ouverts et scrute obstinément le plafond. La peur de m'endormir est revenue, la même terreur qu'il y a cinq ans, la crainte de voir le visage de mon harceleur dans mon sommeil, d'entendre sa voix me traiter de menteuse, de dissimulatrice.

Est-ce la phrase du détective me disant, lui aussi, que je mentais, qui a ravivé ces blessures ?

Le passé refait peu à peu surface, le jour de l'accident, le masque sur mon visage, le couloir de l'hôpital et puis plus rien, si ce n'est, de nouveau, ce nœud qui vient serrer ma trachée.

L'aube glisse sous les rideaux. Trop tard pour couper une barrette de Lexomil, il ne faut pas que je retombe là-dedans. Durant mes années de thérapie, ma psy, qui était une femme extraordinaire, m'avait dit un jour cette phrase :

« L'imaginaire est bien plus terrible que le réel. »

Assise sur mon lit, j'attrape deux Doliprane, j'ai mal à la tête.

Je trouve Paul allongé de tout son long sur sa « coucouche », une espèce d'édredon acheté une fortune dans une brocante. Il fait mine de ne pas bouger, je me blottis par terre près de lui et je lui masse le dos. Il relève son museau en poussant des petits grognements de bonheur.

Lorsque je descends dans la cuisine, il m'emboîte le pas. Un café pour moi, des croquettes pour lui, une douche et en route. Il fait si doux. J'entends au loin la cloche de Saint-Roch qui sonne l'heure de la messe.

J'ai envie d'aller m'y asseoir durant une heure pour chasser les images de la nuit. Au cœur de la fraîcheur des pierres, dans ce lieu qui fut restauré grâce à ma grand-mère, à l'époque où elle était maire de ce petit village, je retrouve le calme. C'est là, assise sur un banc de bois, dans cette crypte de la taille d'un jouet, que j'aime me recueillir et penser à elle, à son visage, à son sourire qui me rassurait.

Sa tombe se trouve dans le petit cimetière derrière l'église. Je sens que Paul ralentit, il a compris que j'allais bientôt l'accrocher à un des grands clous de fonte installés de chaque côté du portail. Autour de lui, il y a trois autres chiens, il fait celui qui ne les voit même pas. Au moment où je glisse la boucle de sa laisse à la chevillette, il se couche sur la pierre en me tournant le dos.

Qu'avons-nous à faire de mieux, en ce moment, que de vénérer le saint homme qui a consacré sa vie à soulager les malades atteints par la grande peste ? Cette « peste noire », pandémie apparue au XIVe siècle, qui a tué en cinq ans vingt-cinq millions d'habitants, la moitié de la population de l'Europe d'alors.

Les hommes ont toujours aimé les chiens, même les pires d'entre nous ressentaient, eux aussi, de l'affection pour ces animaux. Certains ont voulu les dresser pour qu'ils retrouvent des instincts de prédateurs semblables à ceux de leurs ancêtres, les loups. Quand je regarde Paul dans le fond des yeux, je frémis en y pensant.

Il y a du monde, ce matin, à l'église, les seules places libres sont au premier rang. Je respire un grand coup et je m'avance dans le transept, en marchant sur la pointe des pieds. Derrière moi, j'entends des grincements de chaussures trop neuves. Je m'assieds et découvre que l'homme qui me suit et vient s'asseoir à côté de moi n'est autre que l'ex-commissaire.

Je le salue d'un léger mouvement de la tête. Il me propose, à voix basse, de l'accompagner boire un café après la messe. J'acquiesce, mais je pense qu'il ne manque pas d'air de me traiter d'abord de menteuse avant de m'inviter à prendre un verre avec lui.

L'office dure très longtemps. On sent les paroissiens désorientés, qui se tournent vers Dieu. Peut-être l'ont-ils un peu trop oublié et, subitement, ils ont beaucoup de choses à lui demander. Pour ma part, je prie surtout pour Paul qui se fait vieux, en espérant le garder vivant et en bonne santé aussi longtemps que possible.

C'est une très belle journée de printemps, le soleil joue avec les feuilles des peupliers, la terrasse, où l'ancien commissaire prend place, surplombe la vallée d'Auge. Quel dommage d'avoir à parler de choses désagréables, alors que, comme dans un film de Jean Renoir, nous pourrions écouter des chansons accompagnées par un accordéon.

Il me raconte d'emblée qu'il est à la retraite et qu'il fait, de temps à autre, des missions pour un cabinet. Aujourd'hui, c'est un « privé ». C'est la raison de sa présence dans cette région qu'il connaît bien. En fait, il n'est pas là pour élucider la disparition de l'infirmière, pas plus, si ça m'intéresse, que pour suivre le fou furieux qui s'est échappé de Ville-Evrard. Je sursaute :

« Il s'est échappé ? »

Les questions se bousculent dans ma tête : Comment le connaît-il ? Pourquoi l'appelle-t-il le fou furieux ? Sait-on où il est ?

Ses réponses ne sont pas rassurantes. Il a eu affaire à lui, il y a quelques années, parce qu'une femme avait porté plainte contre lui. Elle s'en est sortie de justesse. Je lui dis ne pas comprendre qu'on refuse d'incarcérer ce genre de malades, qu'on se réfugie derrière la psychiatrie et ses maisons de santé qui sont de véritables passoires. Je repense à ces pas que j'ai entendus dans le grenier, à ce bracelet sur le sol, à Paul qui s'est précipité pour le ramener sur ma table de nuit. Je lui demande, folle d'inquiétude, s'il est possible que cet homme rôde dans la région, s'il aurait pu s'introduire chez moi, en mon absence, si je suis en danger ?

Un peu gêné, il me répond qu'il ne sait pas où il se trouve, cette question ne le concerne pas, et tente de me rassurer en me disant qu'en général, ce genre de déséquilibré ne passe pas à l'acte. Je trouve incroyable la désinvolture de ces professionnels du crime. Ils observent, avec la froideur d'entomologistes, ces insectes sous leurs microscopes, aussi dangereux soient-ils. J'essaye de rassembler mes esprits et finis par lui demander, dans ces conditions, pour quelle raison il est là, devant moi.

Sa réponse me sidère. Il est venu pour une seule raison, et cette raison, c'est que quelqu'un est à ma recherche. Si c'est vrai, il n'a pas besoin de faire appel aux services d'un détective privé.

J'habite dans une maison que j'ai achetée il y a vingt ans, où je venais régulièrement. Certes, j'ai décidé de quitter Paris, mais, depuis, on peut me joindre par tous les moyens, j'en veux pour preuve les obstacles que je rencontre pour me débarrasser de mes abonnements. Sinon, il suffit d'aller faire un tour au village et de demander aux gens, tout le monde vous dira où j'habite. Vous savez, la dame qui est toujours accompagnée d'un chien roux.

Le commissaire admet que tout ce que je dis a du sens, mais qu'il n'en est pas moins vrai que la mission pour laquelle on le paye est de me retrouver. Cela peut me sembler absurde, mais il me garantit que c'est la plus stricte vérité. Je n'ai plus qu'une idée en tête : me retrouver seule avec Paul à la maison pour me précipiter sur mon carnet d'adresses et essayer de deviner qui s'amuse à ça. Avant de nous quitter, je fais une dernière tentative, considérant que la partie est trop inégale : lui sait qui me cherche, alors que moi je l'ignore. Il en convient, mais ajoute :

« Ce n'est pas une partie, madame, ce n'est pas un jeu. »

Qu'est-ce qu'il peut m'agacer, ce bonhomme, avec ses airs sentencieux. Et puis, on a beau être à la retraite, il faut quand même suivre un minimum ce qui se passe autour de vous. Une agression, ce n'est plus anodin, le harcèlement poussé à l'extrême n'est pas anecdotique non plus. La société est entrée dans une révolution des valeurs. On n'accepte plus, en particulier envers les femmes, cette mansuétude qui frôle la condescendance des anciens piliers de l'ordre paternaliste. Je n'ai plus qu'une hâte : me débarrasser de ce type. En décrochant la laisse de Paul coincée sous ma chaise, je lui dis, la voix tremblante :

« Je suis majeure et libre de faire ce que je veux, votre démarche est à la limite de l'acceptable. La personne qui me cherche n'a qu'à se débrouiller et vous, je vous interdis de m'approcher. »

Moi, habituellement si calme, je ne me reconnais pas.

Le ciel vire au gris, je marche à vive allure. Paul, avec ses 12 ans, traîne un peu la patte et peine à me suivre. Si je n'avais pas été élevée par des gens qui vous impriment, de façon quasi génétique, l'impératif de tout avaler sans rien dire, d'être ataraxique de la façon la plus naturelle, à cet instant, je me mettrais à hurler si fort qu'on pourrait m'entendre à l'autre bout du monde.

J'essaie de suivre mon chemin, de marcher droit, mais tout semble se déglinguer dans ma vie. Depuis que j'ai ramassé ce bracelet qui m'a l'air si familier, comme si je le connaissais depuis toujours. Je regarde ce mot, écrit avec des brillants, *Disparaître*, et qui, comme ce terme, reflète une multitude de sens. Ce n'est pas la même chose de disparaître simplement parce qu'on a rencontré sa mort, ou de disparaître pour effacer sa vie et en commencer une autre, ou encore, disparaître à soi-même, ne plus savoir qui on est, s'oublier, tout oublier. Comme les reflets sur le bracelet qui scintille, j'en perçois des dizaines, des façons de disparaître, qui finissent, à leur tour, par se mélanger pour devenir si denses que même la lumière en est captive, et qu'on n'y voit plus rien.

En fait, cela a peut-être débuté plus tôt, une ou deux semaines avant que la mémoire commence à refaire surface. J'ai eu une intuition : j'ai senti que mon harceleur allait débarquer, ici, en Normandie, pour me persécuter à nouveau. À cette perspective, j'ai vécu dans la terreur. Que pourrait-il avoir de mieux à faire, ce malade, que de revenir torturer sa victime ? Cette intuition, qui semble se confirmer, est restée coincée dans la partie trouble de mon cerveau. Mais ce qui s'est passé depuis quinze jours, cette succession de phénomènes surprenants, ne peut qu'être lié à ma conviction que ce monstre est de retour dans ma vie.

Voilà un autre *Disparaître* qu'on vient de me soumettre : c'est une façon de disparaître avant même qu'on soit apparu. Quelqu'un cherche à me trouver, il va même jusqu'à payer un détective pour le faire, alors que je ne me cache absolument pas. Et c'est lui, cette fois, qui y met une condition : ne pas apparaître. Pour résumer : trouver quelqu'un qui n'a pas disparu, à condition de ne pas apparaître. Mais c'est une blague !

Il y a cinq ans, lorsque j'ai décidé de venir vivre ici, c'était pour ne pas mourir ailleurs. Mon existence tenait alors à pas grand-chose. En tout cas, c'est ainsi que je le percevais, comme un mur contre lequel j'allais irrémédiablement me fracasser. La réanimation, le fou qui m'y a précipitée, ont eu raison de moi. Oui : *raison*, le mot est si juste, malgré les apparences. La raison s'est abattue comme une prison où tout s'inverse. Ce qui était bon est devenu mauvais, et je ne me soumettais qu'à ce qui me détruisait. Durant cette période, je ne supportais plus la moindre pression, je ne sortais plus de chez moi, ne répondais plus aux mails, ni au téléphone.

J'ai demandé aux peu de gens qui me restait, dans ma famille et parmi les proches, de respecter mon choix. Ils l'ont fait, malgré l'inquiétude que je peux imaginer. De temps en temps, j'envoyais un message à ma sœur pour qu'elle le transmette aux autres. Le temps a passé, j'ai réussi à vivre au jour le jour.

À la tombée du soir, je regarde les chevaux revenir aux écuries, traversant les prairies à perte de vue, autour du Vieux-Pressoir. Quelqu'un me cherche ! Cette simple idée m'apparaît surréaliste. Il y en a qui disparaissent d'une façon spectaculaire. Mais il faut, pour cela, avoir commis un crime suffisamment lourd pour que les gens s'y intéressent.

Demain, j'appellerai le serrurier pour qu'il change toutes les serrures de la maison. J'ai à nouveau envie de fumer, d'allumer les cigarettes les unes après les autres. Fumer est maintenant un concept existentiel. Quelque chose qui m'envahit dès que la tension monte en moi.

En approchant de la maison, je distingue une silhouette de femme qui a l'air de m'attendre, debout, près du petit banc en bois devant la porte. C'est là que Paul passe ses soirées à contempler l'étendue d'herbe et de fleurs sauvages. Elle vient à ma rencontre, me sourit, je me dis, mon Dieu ! mais c'est Chrystelle ! Je la reconnais tout de suite, peut-être à cause de la une de *Paris-Normandie*. C'est la première fois que ça m'arrive. Chrystelle ! Ma si chère Chrystelle, vous vous rendez compte ? La mémoire ! Toute ma mémoire est en train de revenir !

Nous nous asseyons l'une à côté de l'autre sur le banc de Paul tandis qu'il nous observe. J'ai tant de choses à lui demander et à lui confier. Ce que disent les journaux, est-ce vrai ? Elle ne l'a pas vécu comme c'est raconté. Il a fallu qu'elle parte, elle n'a pas eu le choix. Demain paraîtra la suite et fin de cette belle histoire d'amour. La vérité, c'est qu'à la seconde où la nouvelle s'est mise à circuler, en particulier à l'hôpital, c'est devenu invivable. Comme si les amoureux avaient reçu, sur leurs têtes, toutes les réserves d'ordures de la région. Elle avait eu du mal à comprendre, à l'époque, comment des actes de harcèlement m'avaient jetée en réanimation. C'est alors qu'elle me dit :

« Avez-vous réussi à vous débarrasser de l'homme qui vous persécutait ? »

Sa question me stupéfie. Je me rends compte que je lui en avais beaucoup parlé et que je ne m'en souvenais plus. Soudain, la boucle de cette histoire se referme. Elle a souvent pensé à moi et pris conscience du traumatisme que cela pouvait représenter. Le harcèlement n'est-il pas devenu, aujourd'hui, le mal absolu ? Nous sommes en train de découvrir qu'il peut tuer. Comment allons-nous faire pour continuer à vivre avec ce poison ?

Je regarde le serrurier qui commence à travailler. Paul est intrigué. Moi-même, je me demande pourquoi chaque porte doit avoir sa clef. Je me dis que finalement, ce qui est dans ma tête est dans toutes les têtes. Dans les années 1960, ça pouvait paraître désuet, une maison à la campagne. Il fallait, en ce temps-là, vibrer au rythme des pulsations des grandes agglomérations. On pouvait vivre à Londres ou à New York, même à Berlin, mais pas dans le pays d'Auge.

Aujourd'hui, c'est l'inverse, tout le monde cherche une maison comme la mienne, manger bio, de préférence ce qu'on a fait pousser soi-même. Ce qui n'était que des théories babas cool est désormais le centre de gravité de nos vies. On a même compris que les atteintes à la biodiversité poussaient les virus à venir se réfugier chez nous et on a pris conscience que ce qui menaçait l'espèce humaine, ce n'était pas la bombe atomique, comme il convenait de le croire dans les années 1950, mais la survie de ces infections qui étaient déjà là, bien avant nous, et contre lesquelles nous sommes toujours aussi démunis.

Changer toutes les serrures me fait du bien. Je pense, bien sûr, à mon harceleur. C'est quand même lui, avant tout, que j'ai décidé de fuir. L'idée qu'il a réussi à s'échapper et à pénétrer dans la maison, qu'il a déplacé le bracelet jusqu'au grenier, tout cela m'est insupportable. Pour la justice, le harcèlement, ce ne sont que des mots. On peut toujours porter plainte, mais on sait bien que ça débouche rarement sur une action. C'est d'autant plus dangereux que personne n'en a véritablement conscience, ni les victimes, ni les bourreaux, ni les témoins, qu'ils soient juges, policiers ou journalistes.

C'est surtout cela que j'ai eu à subir. Il m'a fallu du temps pour commencer à l'admettre. Vu de l'extérieur, comment peut-on imaginer que des paroles, prononcées au téléphone ou envoyées par SMS, peuvent vous faire tomber gravement malade. Lorsque je craquais en l'évoquant, les gens, autour de moi, se disaient : « La pauvre ! C'est quand même dingue de se mettre dans des états pareils pour ça. » Ensuite, quand j'ai eu mon accident et qu'il a fallu m'hospitaliser, les mêmes reprenaient : « Ce n'est pas possible ! Elle a failli mourir en soins intensifs. On ne meurt quand même pas pour ça. Il y a forcément autre chose ! » Cette autre chose, je l'ai compris bien plus tard, cet accident, c'était pour lui échapper.

Je suis la seule à le savoir, sauf, peut-être, Chrystelle maintenant : le harcèlement a été l'unique source de ce mal qui a touché toutes mes fonctions vitales, et de ses effets secondaires sur ma mémoire en miettes.

En retrouvant, pas à pas, mes souvenirs, je change d'axe, comme quelqu'un qui marcherait en équilibre sur un fil et qui, progressivement, retrouverait la terre ferme et des murs d'appui. Je ne crois pas être la seule. Les gens changent aussi en ce moment, comme si l'ensemble des possibles s'ouvrait devant eux. Je crois surtout qu'ils en ont assez d'obéir à des injonctions contradictoires, qu'elles soient individuelles ou collectives, positives ou négatives. Les gens veulent qu'on leur fiche la paix. C'est aussi pour cette raison qu'ils déménagent, qu'ils fuient tout ce qui les a asservis, qu'ils se retirent, comme moi – je suis une goutte d'eau dans cette vague qui se lève.

J'ai sélectionné dans ma bibliothèque trois livres pour les lectures que je consacre à Paul afin qu'il apprenne un maximum de mots et peut-être même les concepts qui vont avec. Mon choix est le suivant : Les *Pensées* de Pascal, les *Essais* de Montaigne et, toujours, les *Fables* de La Fontaine.

C'est l'une de ces dernières que je veux lui lire ce soir : « Le loup n'avait que les os et la peau… » Le chien, lui, se porte bien au point que le loup lui demande comment il se débrouille pour avoir aussi bonne mine. Le chien explique les avantages qu'il y a à sortir de la vie sauvage. Tout est si convaincant, jusqu'au moment où le loup remarque que le col du chien est pelé. C'est, lui répond-il, « le collier dont je suis attaché ». Maître Loup, nous dit La Fontaine pour conclure, « s'enfuit, et court encore ».

C'est peut-être ce qui se passe aujourd'hui. On en a marre, on n'en peut plus, on veut redevenir des loups. Je vois Paul qui, à l'occasion de la morale de cette fable, montre les dents, ce qu'il ne fait que rarement. Quand je l'observe ainsi, il m'impressionne et je me dis qu'il n'en faudrait pas beaucoup pour que le monde redevienne sauvage, comme il l'était il y a très longtemps, quand nous n'étions que quelques centaines de milliers d'individus sur Terre.

Au fond, quand je repense à ce que m'a fait subir ce type, les pulsions les plus violentes m'envahissent et j'aimerais, moi aussi, redevenir un loup pour le mettre en pièces. Chrystelle a essayé de rompre sa bride. Ça n'a pas duré longtemps, les meutes chassent en bande, et qui peut prétendre leur résister.

Moi, c'est différent. Plus rien ne m'attache. Je reste juste soumise, cinq ans après, à cette drogue dure qu'on appelle l'écriture. L'infirmière de Dozulé aurait pu se contenter de devenir un personnage dans l'un de mes romans. Mais non ! Il a fallu qu'elle le vive jusqu'au bout, jusqu'à découvrir qu'on pouvait aussi en mourir, que la frontière entre ces deux *Disparaître* est plus que fragile, que le mur entre réel et fiction est poreux.

Pas de promenade avec Paul aujourd'hui. Je suis restée avec le serrurier, à le regarder travailler et à veiller qu'il ne manque de rien. Il m'a parlé de l'évolution de son métier dans l'histoire, de ce moment où tout le monde s'est mis à avoir des portes qui fermaient à clef. C'était il n'y a pas très longtemps. De temps à autre, je regarde Paul qui court à travers la prairie comme si les abeilles qui butinent le rendaient fou.

J'ai lancé le feu de cheminée un peu plus tôt que d'habitude. J'ai eu besoin d'un moment de suspension et j'ai laissé mon esprit partir à la dérive. Pour les animaux, comme Paul et tous ses congénères, les fables de La Fontaine, l'état sauvage, comme celui du loup, c'était avant. Et puis nous les avons domestiqués. Enfin, c'est l'idée qu'on se fait de notre souveraineté sur la planète. Il n'est pas sûr que les animaux seraient d'accord avec nous sur ce point. Qu'en est-il de notre sauvagerie, à nous autres, humains ? Est-elle renvoyée au passé ? Qui nous aurait domestiqués ? Ou bien n'avons-nous jamais été sauvages, purement dédiés à la domestication des autres, la sauvagerie n'étant peut-être pas, dès lors, notre passé, mais notre avenir.

Le serrurier, son travail accompli, est parti. Je suis rassurée qu'il ait tout changé. Je ne suis pas loin de m'endormir devant la cheminée, quand j'entends Paul qui gratte à la porte et tente d'appuyer sur une des poignées pour l'ouvrir. Ce n'est plus pareil, avec cette nouvelle installation, tout est verrouillé. J'y vais pour le faire rentrer, c'est à ce moment-là que je découvre que quelqu'un a glissé une enveloppe sous la porte. Rien n'y est inscrit. Je l'ouvre et je lis : « Je sais que c'est toi qui as pris le bracelet, espèce de sale petite voleuse ! Sache que je saurai comment te dénoncer et, qu'en attendant, je tuerai Paul de mes propres mains et je l'égorgerai. »

Pas de signature. C'eut été inutile car on reconnaît tout de suite son style inimitable. C'est reparti. Je m'effondre dans le canapé. Je ne sais pas si c'est l'effet de ma méditation sur le devenir sauvage de l'espèce mais des envies de meurtre, jamais ressenties jusque-là, montent en moi.

Je me dis que je dois préserver cette pulsion de violence inédite dans ma vie. Il faut que je sois capable de la maîtriser si bien qu'elle me permette de retourner le poison contre l'empoisonneur et de le mettre à terre. Je ne me vois pas aller acheter une arme et m'en servir pour l'abattre comme un… Non, ce n'est clairement pas pour moi. Il me faut parvenir au même résultat, sans que la plus légère suspicion plane sur ce que j'aurais pu faire ou même seulement imaginer. Rien, pas la moindre trace de quoi que ce soit. Le faire disparaître en disparaissant moi-même. Quel joli programme.

C'est en réfléchissant sur notre passé lointain de chasseurs-cueilleurs que l'idée a dû germer dans mon cerveau. Je ne peux pas, malgré toute l'envie que j'ai, tuer de mes mains ce type et devenir une criminelle, après avoir été successivement traitée de menteuse et de voleuse. Il faut mettre un terme à cette escalade.

Ce qui m'enchanterait, c'est échafauder un plan, en forme de piège, dans lequel il ne pourrait que tomber, et dont j'aurais la maîtrise. N'est-ce pas ce qui m'a conduite à cette histoire commencée le 15 avril ? Ce que je ne parviendrai jamais à comprendre, c'est comment un de mes « semblables » a pu s'en prendre à moi de façon si cruelle. Ça semble impensable.

Je me réveille, ce matin, comme une pile électrique qui aurait rechargé toute la nuit. En dévorant mon petit déjeuner, je sens que ma machine cérébrale se met en marche. Je repars de ces paroles prononcées par ma psy qui m'ont tellement marquée que je me les répète en boucle :

« L'imaginaire est bien pire que la réalité. »

Il me revient d'autres bribes provenant de nos échanges. Elle a toujours pensé qu'il y avait, dans ce que j'écris, une part de chamanisme, des mots, des phrases qui m'échappent et courent se réaliser sans que je ne puisse rien y faire. Je suis même allée chez une voyante célèbre pour en parler. Celle-ci m'a décrit alors ce qui se passait chez elle quand elle avait, face à un de ses clients, des intuitions, des illuminations qu'elle était incapable d'expliquer. Je voyais très bien ce dont elle parlait. Il s'agit, dans l'écriture, d'envolées qui dépassent ce que je voudrais exprimer et qui trouvent soudain leur autonomie. C'est complètement inconscient, mais quelques mois, quelques années après la sortie d'un de mes livres, je remarque des événements que j'y ai décrits et qui se réalisent, alors qu'on peut les lire, noir sur blanc, et donc en vérifier le caractère prophétique, notion un peu vaste par rapport aux phénomènes minuscules que je traite.

Quand j'ai renoncé à écrire, je me suis demandé si cette sorte de « clairvoyance » pouvait exister ailleurs, de façon plus large, dans d'autres activités plus ou moins concrètes. J'ai fait plusieurs tentatives, mais ce n'était pas concluant. Il y a seize jours, quand tout a commencé, c'est le désir d'écrire qui a repris le dessus, mais il est resté suspendu dans le vide car rien ne me venait.

Je ne ressens que dégoût pour un monde dans lequel je ne peux plus m'inscrire, et pourtant l'envie d'y jouer ma partition continue de me tarauder.

C'est alors que j'ai l'idée d'inverser, dans ma démarche, le rapport entre l'imaginaire et le réel. Je me dis : pourquoi ne pas faire advenir quelque chose dans la réalité, et on verra bien quel en sera l'effet dans l'écriture. Si cette dernière n'est plus là pour préfigurer ce qui pourrait arriver, elle deviendrait l'aboutissement fortuit d'une réalité qui se fabrique toute seule. Une sorte de ready-made littéraire.

C'est vrai, j'ai menti. Quand je suis allée à la gendarmerie pour y faire ma déposition, ce que j'ai déclaré n'était pas complètement faux, mais je ne disais pas toute la vérité. Je savais bien, à ce moment-là, que ce que j'étais en train de faire n'était que du bricolage, mais ça me plaisait d'autant plus. J'ai menti, mais c'était pour une bonne cause : revenir à l'écriture. De toute façon, si j'avais dit la vérité, je pense que personne ne m'aurait crue tant mon idée était extravagante.

Ainsi, pour décrire mon premier jour, j'ai conçu ma « performance » inaugurale dans le réel, sans me soucier de ce qu'elle pourrait vouloir dire, puisqu'à ce moment-là, ma mémoire était toujours en berne et je ne savais plus, depuis longtemps, comment me reconstruire. Ce qui me taraudait, c'était de tendre un piège fatal à mon harceleur, mais il s'agissait d'une démarche complètement irrationnelle dont je ne maîtrisais ni les tenants ni les aboutissants.

J'ai pris comme point de départ un titre de livre qui existait, dans ma tête, avant que je me mette à écrire des romans : *Danger en rive*. Je serais bien incapable d'expliquer les raisons de ce choix. Je ne crois pas à la possibilité d'une interprétation rationnelle ou psychanalytique. Je trouvais ça joli et je n'ai pas cherché plus loin. J'ai vu, un jour, un panneau, sur une petite route, et cette phrase m'a semblé magique.

Si on n'est pas dans la simple écriture mais dans la « performance », il faut que quelque chose rende la phrase « performative » comme dans un spectacle, afin qu'elle fabrique la matière nécessaire pour devenir réalité. J'ai pensé immédiatement au couple que formeraient un panneau indicateur d'un danger et une Clio bleu nuit, qui pourrait bien déraper.

J'ai acheté le panneau sur Leboncoin, la Clio, je l'ai trouvée le jour même dans une casse auto de la région qui, pour le même prix, m'a fourni une plaque d'immatriculation prélevée sur une autre voiture.

Il m'a suffi ensuite d'installer l'ensemble dans une courbe propre à accentuer le danger, un rond-point, et s'il pouvait se trouver sur le chemin de mes marches quotidiennes avec Paul, ce serait encore mieux.

Manquait à cette « installation » une signature, un objet qui dévoilerait le sens du mot-clef que j'avais choisi pour ce dispositif artistique : *Disparaître*. Je l'ai choisi inscrit dans un objet, lui aussi, lourd de sens : un bracelet en or pavé de diamants qui m'avait été offert par l'homme que j'ai perdu. Je l'ai posé quelques heures sous le siège de la place du mort, comme dans un rituel funéraire, puis je l'ai repris, mis dans ma poche, le tour était joué. Il ne me restait plus qu'à me rendre à la gendarmerie pour faire une déposition par laquelle je décrivais ce que j'étais supposée avoir vu, comme si je n'en avais été que le témoin, et non l'auteur et le metteur en scène. J'ai découvert, par la suite, que les gendarmes aiment bien décortiquer les voitures.

Cette « installation » s'inscrivait dans un décor authentique, en pleine nature, près d'une petite église consacrée au saint patron des chiens. Il n'existait aucun lien avec le reste, mais c'est justement ce qui lui conférait cette poésie d'une réalité radicalement imprévisible. Ceci relève d'une « vérité » toute relative comparable à celle du village qui incarnerait la France dont chacun éprouve la nostalgie, mais trop belle pour être vraie. Chacun des personnages qu'on y croise ressemble plus à un acteur de la Ligue d'improvisation qu'à de vrais postiers ou d'authentiques coiffeuses.

C'était pourtant évident que notre monde numérique, envahi par les signes, ne pourrait s'empêcher d'inventer une multitude d'histoires à partir de là. D'ailleurs, les réseaux sociaux s'emparent immédiatement de ces objets anodins pour élaborer des dizaines de récits imaginaires dans lesquels pourront s'exprimer toutes les rancœurs du monde.

Il suffirait qu'un média, un journal local s'en mêle, de ceux qui veillent au moindre sursaut d'une réalité banale, pour que le récit explose dans toutes les directions. Ce qui est important, c'est que le point de départ ait été le plus simple possible et, d'une certaine façon, qu'il ait été dénué de sens. C'est ce qui permet à la narration collective de s'installer confortablement. L'essentiel, c'est que le point d'appui de l'information soit aussi insignifiant que ceux qui vont l'écrire, sans oublier ceux qui la liront.

Ça n'a pas traîné. Dès le troisième jour, la disparition de l'infirmière de Dozulé a fait la une de *Paris-Normandie*, et tout le monde s'est mis à sa recherche, persuadé qu'elle avait été assassinée. Manque de chance pour mon futur roman, je l'ai trop bien connue, cette infirmière. Et voilà qu'une stupide coïncidence a mis en déroute ma narration. Au lieu d'échapper à la réalité, c'est elle qui s'est enroulée autour de ma jambe et ne m'a plus laissée avancer dans le récit. L'infirmière de Dozulé s'appelait Chrystelle, et c'est elle qui s'était occupée de moi durant mes deux mois de réanimation.

Il me faut sagement ranger l'écriture fictionnelle dans sa boîte. Chrystelle aurait dû avoir le premier rôle dans ce qui s'annonçait comme une si belle histoire d'amour. Mais le vent a tourné avec le retour de mon harceleur, qui ne fait que confirmer que ce qui doit sortir de ma mise en scène est une histoire beaucoup plus sombre.

Il faut dire que si je savais écrire ce genre de texte, je lui aurais bien réglé son compte. Je me serais passée de tous ces faux-semblants, je serais allée acheter un flingue, ou peut-être une arbalète pour soigner mon côté amateur de curiosité, et vlan ! Entre les deux yeux. Quel bonheur !

Au moment où j'ai réalisé mon « happening » sur le rond-point, j'ai cru sincèrement que la rencontre entre ces objets, la dynamique des médias et la folie des réseaux sociaux, ne pouvait qu'aboutir à une fiction, créée collectivement et qui me donnerait le coup de fouet imaginaire indispensable pour faire redémarrer ma capacité à écrire, restée au point mort depuis tant d'années.

Je comprends tout de suite pourquoi l'endroit où je me suis retirée s'appelle le Vieux-Pressoir. Ce nom résume assez bien l'état dans lequel je me trouve. Il en faudrait, des quantités de pommes, pour produire quelques gouttes de ce cidre empoisonné. J'ai pris l'habitude, dans mon potager, dans la serre, de vivre avec un temps qui tourne au ralenti. L'écriture, elle, contrairement aux apparences, va vite, trop vite, il faut sans cesse avancer.

Ce que je n'attendais pas, quand j'ai commencé cette expérience, c'est d'y retrouver pour de bon le monstre qui me poursuivait, persuadée qu'il était bien au chaud entre quatre murs capitonnés et que je n'allais pas le voir réapparaître avant longtemps. Puis il y a eu cette « intuition ». Sa première visite ne m'a pas tellement surprise. Ce genre de maladie construite principalement autour de la paranoïa, quand elle se double d'un abus quotidien de substances, se solde par un acharnement hors du commun. Non. Ce qui m'a donné à réfléchir, c'est la deuxième partie de son message où il menaçait de s'en prendre à Paul. J'ai trouvé que le simple fait d'avoir eu ce genre d'idée totalement délirante confère paradoxalement à cet homme une touche d'humanité. Seul un être humain est capable d'envisager un meurtre sadique sur un animal domestique, aussi charmant.

Je l'imagine faisant intrusion dans le grenier avec le bracelet dans la main. Il a dû se passer quelque chose pour qu'il le laisse choir sur le sol avant de déguerpir. C'est probablement notre retour à la maison qui l'a mis en état d'alerte. Sa rage s'est alors polarisée sur Paul, jusqu'à lui donner envie de l'égorger.

Je me rends compte que je ne suis pas retournée au grenier vérifier s'il n'y avait pas d'autres traces de son passage. J'y découvre un vieux coffre en bois de style gothique qui suivait mon père dans tous ses déménagements. Soulevant le couvercle, je m'aperçois qu'il contient une foule de dossiers qui, en fait, ne concernent que moi. Quoi de plus angoissant que la compilation de ces dossiers. Je tombe alors sur l'un d'entre eux, le seul de couleur rouge, où rien n'est inscrit. Je l'ouvre fiévreusement et découvre qu'il est rempli de lettres, de copies de SMS, de mails, qui m'ont été envoyés par le harceleur pendant des mois, des années avant que j'aie mon accident et que je me retrouve dans le coma.

En parcourant ces messages hystériques, je découvre à quel point ils ont tous été stockés quelque part dans une zone particulière de mon cerveau, là où nous sommes capables d'effacer les choses tout en les maintenant, comme à l'état congelé, à portée de main, au cas où nous en aurions un besoin urgent. Je n'en reviens quand même pas de lire certains passages qui atteignent une violence incroyable, dont personne ne pourrait dire ce qui la motive.

Je cherche s'il y a un message qui concerne le bracelet, qui me serait bien utile aujourd'hui. J'en trouve un, mais tellement sibyllin que je ne conçois pas tout de suite l'usage que je pourrais en faire. Il est écrit, sur un papier à en-tête de l'Hôtel Bristol :

Je me transformerai en chasseur et je te détruirai. Ainsi tu pourras vraiment disparaître comme te l'annonce le bracelet que tu m'as volé.

C'était pourtant un cadeau de l'homme qui m'aimait. Chercher une logique à cette folie, ce serait vain.

Ces fragments de lettres vont peut-être m'aider à rendre ma mise en scène plus concrète, plus « performative » que si je me contentais de désigner ma cible sans apporter de preuves ou de faisceaux d'indices, qualifiant sa dérive meurtrière.

Y a-t-il une magie particulière des mots qui permet à notre imagination d'aller directement au cœur de la réalité pour la façonner ? À chaque fois que je constate que ce que j'ai écrit à un moment donné de ma vie est en train de s'accomplir, je retrouve un certain sentiment de toute-puissance, qui s'appliquerait malgré moi, en dehors de moi. Je crois, comme certains, aux forces de l'esprit, mais jamais je n'aurais l'idée d'en devenir le maître.

Il suffit d'observer à quel point ce qu'on appelle encore l'idéologie est désormais partout, dans tous les recoins de nos misérables existences. Qu'on écoute des chansons, des éléments de langage de ceux qui nous inondent matin midi et soir d'informations, mais aussi les contenus de l'enseignement scolaire et tous les clichés que nous ressassons à longueur de temps, l'idéologie règne en maître, même si elle n'a plus rien à dire, même si elle est devenue inutile. Avant, elle aidait les groupes sociaux à se reconnaître – un travailleur, un bourgeois, ce n'est pas pareil. Aujourd'hui, c'est à la carte, à chacun selon ses goûts ou son absence de goût.

C'est le 1er mai, et, bien sûr, les paroles de *L'Internationale* résonnent dans ma tête. Pourtant, s'il y a un chant qui devrait s'être débarrassé de toute idéologie, c'est bien celui-là. *L'Internationale* continue à dire : « Nous ne sommes rien, soyons tout ! » Quelle merveille ! Moi, j'achète ! Ces mots-là, par leur magie, sont très proches de l'idée que je me fais de la puissance à l'œuvre dans le langage. Même la révolution chinoise n'aurait peut-être pas pu avoir lieu sans cette phrase utopique. Mais aujourd'hui, elle est l'hymne de toutes les victimes que la culture « *woke* » pourra sauver.

La plupart des artistes y croient, ils sont convaincus du pouvoir des signes et de leur capacité à changer la réalité, à changer le monde. « Nous ne sommes rien, soyons tout. » Comment peut-on écrire, chanter, penser cela ? Il faut être fou.

En ce qui me concerne, j'ai toujours préféré ceux qui travaillent la terre, qui protègent les animaux. J'aime leur croyance sincère. J'aime cette générosité. C'est aussi la famille à laquelle je rêve d'appartenir, celle des tailleurs de pierre ou des maîtres verriers quand ils bâtissaient des cathédrales. Entre les paysans et les artisans, je distingue des racines communes et profondes. C'est cela que nous devrions sauver.

Pour l'heure, je vais emmener Paul défiler sur notre chemin et préparer notre contre-offensive envers cet être maudit qui a osé menacer mon chien. L'affrontement, entre nous, sera une véritable guerre. Depuis dix-sept jours, c'est tout mon être qui est en révolution. Finie, cette paralysie qui s'abattait sur moi au moindre conflit. Fini, ce silence qui me bâillonnait et m'empêchait de hurler quand on s'en prenait à moi ou à Paul. Je vois bien que je ne suis plus la même. Ce combat, désormais, je l'attends, je l'espère. Ce qui me bloquait s'est évaporé au cours de ces dernières journées, étape par étape, marche après marche, comme les actes et les scènes d'une tragédie grecque. Plus question, maintenant, de faire machine arrière. Ce sera lui ou moi.

Nous descendons au village acheter un brin de muguet. Je le déposerai, au retour, sur la tombe de ma grand-mère. Elle reste la femme pour laquelle j'ai éprouvé le plus grand respect. Les petites clochettes de ces fleurs évoquent aussi l'insouciance qui accompagne les histoires d'amour de jeunesse. C'est finalement la manière la plus agréable de disparaître : tombez amoureux, et hop, vous n'êtes plus là pour personne. Ça m'est arrivé plusieurs fois.

Ce n'est pas pour rien qu'il nous arrive de disparaître dans ce puits sans fond qu'on appelle l'amour. Je suis heureuse, aujourd'hui, de me sentir à l'abri de ce que je considère maintenant comme un accident. Était-ce ce danger-là dont j'avais le pressentiment, à travers le désir d'écrire un premier livre qui se serait appelé *Danger en rive* ? Si nous tombons en amour, est-ce une histoire d'accotement mal stabilisé ?

Quand il est mort, cet homme, je me suis interrogée. L'avais-je aimé comme j'aurais dû le faire ? Il y a eu, entre nous, des débats, des envies chez lui où je ne pouvais pas le suivre. Une vie, ça ne se découpe pas en rondelles. Certains sont si égocentriques que ça ne leur viendrait pas à l'esprit que la femme dont ils partagent la vie, c'est, pour elle, avant tout la sienne, sinon, il n'y aurait rien à partager.

Avec le temps, ces questions deviennent lisses comme des galets roulant dans le ressac des océans. Mais d'autres demeurent, s'accrochant par les aspérités de leur relief. Ainsi ce jour où il a voulu m'offrir quelque chose qui pourrait avoir un sens après lui. Il a hésité un long moment et finalement, il a choisi pour moi deux présents. Je vois bien comment ce synonyme du terme « cadeau » évoque une « présence » au-delà de la mort. Parler de ces souvenirs, c'est encore trop réel, je ne suis pas prête.

Ce qui me surprend, dans le phénomène de harcèlement, c'est la violence qui l'accompagne. Je vois bien, à l'excès de ma réaction, à quel point c'est devenu envahissant. Il ne s'agit même plus de haine ou de vengeance, c'est maintenant un état naturel, un réflexe auquel nul ne peut se soustraire, c'est la guerre civile imaginée par certains penseurs qui voyaient avec pessimisme l'arrivée de la modernité. Il suffit de regarder *Les Temps modernes* de Chaplin ou d'écouter *Le Sacre du printemps* de Stravinsky pour en avoir un avant-goût. Aujourd'hui, nous y sommes.

Ces êtres malfaisants sont souvent taillés sur mesure, ce qui leur permet d'avoir cette emprise sur leurs victimes dont ils obtiennent si facilement la plus docile des acceptations. Longtemps, nous n'avons pas fait face, considérant que des souffrances bien plus grandes pouvaient nous traverser avec les guerres, la misère ou les maladies. Et puis, on a vu le harcèlement s'installer partout où la place était libre, et il est devenu notre fléau universel.

C'est absurde et je m'en veux de me prêter, moi aussi, à cette mascarade, mais c'est ainsi. J'ai tout fait, j'ai bouleversé ma façon de vivre, j'ai rompu avec tout ce qui pouvait être rompu, rien n'y a fait, ça revient, telle une gangrène.

Certains philosophes ont anticipé cette situation en déclarant : « Chacun est l'autre, aucun n'est lui-même. » C'est exactement ce que je ressens aujourd'hui.

Depuis que ma mémoire refait surface, je rouvre la boîte de mes obsessions. Le chat noir s'y trouve toujours prêt à attaquer. Ma disparition n'a pas eu raison de lui. Je dois être dans une seconde boîte où il peut, lui aussi, m'observer et jouer ma mort à pile ou face.

Lorsque, après mon accident, je me suis retrouvée en réanimation, j'étais submergée par des images toujours plus terrifiantes, des sons de fête foraine ininterrompue, et lui, toujours lui, qui surgissait de sous le lit se glissant comme une anguille qui remontait le long de mes draps.

Impossible d'oublier sa face hideuse et déformée par le ressentiment, celui de quelqu'un qui n'attendait plus qu'une chose : ma mort. Comment cela a-t-il pris corps pour avoir raison du mien ?

Au départ : un simple message, envoyé par lui à mon attaché de presse. C'était la rentrée littéraire d'automne, il y a six ans déjà.

Dans les jours qui ont suivi, d'abord lentement, puis de façon délirante, les mails et les SMS ont commencé à pleuvoir jour et nuit. Comme il ne recevait plus aucun signe de moi, ses missives virtuelles se sont transformées en messages rageurs, animés par un désir de vengeance dont on ne pouvait comprendre l'origine, il s'est alors mis à me menacer de toutes sortes de sévices.

Suivant cette idée pathologique selon laquelle *chacun est l'autre, même si aucun n'est lui-même*, il voulait que je sois de son côté, et si je ne lui répondais pas, c'est que j'avais choisi l'autre camp, celui du mal. C'est la base de la règle du jeu de l'anonymat sur les réseaux sociaux : peu importe que ce soit dans le vrai ou dans le faux, ce qui compte, c'est d'avoir bien choisi son camp. Sous cet angle, que je sois « moi-même » ou un avatar est sans conséquence. Il faut être dans son camp, un point c'est tout. C'est quand même simple à comprendre, la loi de l'anonymat : chacun s'y retrouve et peut « balancer » n'importe qui sans prendre de risque.

Seuls les grands pervers ont, au plus haut point, ce pouvoir de détruire l'autre, quitte à en crever eux-mêmes.

Au début, j'en ai parlé à mon médecin qui m'a donné des anxiolytiques pour apaiser mes crises d'angoisse. Puis je me suis livrée à mon entourage, qui m'écoutait tout en se demandant pourquoi ce fou furieux avait un tel pouvoir sur moi. J'allais de plus en plus mal, et cela s'ajoutait à mon chagrin qui me recouvrait comme un linceul. Mon accident était la seule solution pour lui échapper.

Ensuite, lorsque je suis sortie de l'hôpital, il est réapparu de plus belle. En dernier recours, je suis allée porter plainte mais je savais que tant qu'il ne s'attaquait pas physiquement à moi, il n'y avait rien à faire. Je me suis mise à le croiser partout, en permanence, dans le reflet des vitrines, dans l'embrasure des portes cochères, dans tous les miroirs.

Il ne me restait plus qu'une issue : prendre Paul sous le bras et fuir me réfugier à la campagne, qui était pour lui comme une autre planète, couper tous liens avec ceux qui pourraient ne serait-ce qu'évoquer son nom. Me dissoudre afin de renaître vierge des souvenirs anciens.

Il n'est plus temps pour moi d'y réfléchir, j'ai fait mon choix et je vais agir, avec les moyens du bord, concentrée sur ma stratégie et sur mes capacités logistiques. Mon but : le mettre hors d'état de nuire. En vérité, j'en ai désormais le courage.

Je débarrasse la grande table de la cuisine et j'y installe mes armes. Je pose mon papier à lettres, mes enveloppes, mes timbres ainsi que le dossier rouge que j'ai placé au centre. J'installe une chaise en face de moi pour Paul, afin qu'il puisse tout suivre et me conseiller en cas de besoin. Il comprend tout de suite l'importance de l'enjeu, et bondit pour s'installer sur le siège tel un chef des armées.

Il faut rester pragmatique. J'ai dans mon dossier des centaines de preuves du harcèlement dont j'ai été la victime et qui s'est soldé par l'internement psychiatrique de son auteur. Bien sûr, j'aurais préféré une incarcération dans un lieu d'où il est plus difficile de s'échapper. Le voilà, mon objectif concret : me débarrasser une fois pour toutes de ce boulet et le confier à des gardiens de prison.

C'est un problème juridique bien connu : l'air du temps peut, selon la direction où souffle le vent, aggraver ou soulager une peine. Au moment de sa condamnation, son penchant pour la violence était perçu avec indulgence. S'il se manifestait aujourd'hui, il l'aurait certainement conduit tout droit dans une geôle. Cela s'est passé bien avant qu'on devienne réellement sévère avec les violences faites aux femmes.

Aujourd'hui, le document le plus récent que je pourrais utiliser, c'est la lettre par laquelle il menace d'égorger Paul. Aussi barbare qu'une telle idée puisse paraître, je ne suis pas sûre qu'un juge, même militant antispéciste, y trouve le fondement d'une condamnation à de la prison ferme.

Si je veux rester à l'intérieur de mes compétences, je dois intégrer ces éléments dans un contexte de création artistique. L'idéal serait qu'il vienne, un jour dit, que je pourrais signaler à la gendarmerie, pour exécuter son infâme projet et qu'ainsi, il se retrouve pris au piège.

Je découvre que, miracle, mon imprimante sans fil peut encore faire des photocopies. Je place sa dernière lettre dans la machine, j'en imprime la copie, et je la joins au courrier que j'envoie au lieutenant.

Dans cette missive, je lui explique que l'individu qui me menace depuis des années, a pénétré chez moi par effraction (j'ai, depuis, fait changer toutes les serrures de la maison), et qu'il m'a laissé une lettre (copie jointe à mon courrier) dans laquelle il projette d'égorger mon chien. J'attire son attention sur le fait que cet homme est dangereux et qu'il a déjà été condamné, à l'époque, suite à ma plainte contre lui.

J'ajoute, enfin, que si la gendarmerie parvient à assurer une présence discrète lundi prochain, le 6 mai à 8 h 30, au moment où je promène Paul, nul doute qu'il tentera quelque chose. Cela pourrait permettre de l'appréhender en flagrant délit.

Ensuite, j'envoie une deuxième lettre à Max, où je l'informe de celle adressée à la gendarmerie et lui recommande, si cette affaire l'intéresse toujours, de venir accompagné par un photographe équipé d'un objectif réalisant des clichés de loin.

Ces deux actes épistolaires, par leur simplicité et un certain archaïsme, sont adaptés à ce qui ressemble à un duel d'autrefois, au petit matin sur le pré. Il s'agissait, à l'époque, de laver son honneur. Toutes proportions gardées, le harcèlement, surtout lorsqu'il parvient à faire entrer la presse dans la boucle, poursuit le même objectif. Si on admet que le but recherché est de détruire l'adversaire, le moyen mis en œuvre passe d'abord par l'équivalent moderne de l'atteinte à l'honneur, c'est-à-dire la ruine de la réputation. C'est un jeu perdant/perdant : rien ne protège contre l'effondrement d'une réputation et tout se coalise, quand il s'agit de la faire tomber.

La police, la justice et la presse forment le tripode sur lequel repose cette image qui peut déchoir à tout moment. Nous savons qu'aujourd'hui, un ministre ne peut garder son poste que s'il garantit qu'il n'y aura pas de hashtag lancé contre lui.

Puis-je me passer d'envoyer cette lettre, adressée à mon harceleur, pour le défier et être sûre qu'il sera là ?

Pour moi, il y a, dans l'écriture, quelque chose de sacré qu'il faut absolument préserver. Si je lui écris pour être sûre qu'il viendra, j'aurai la sensation de m'être salie. D'un autre côté, lorsque j'imagine que la gendarmerie et *Paris-Normandie* seront là à attendre pour rien, j'en rougis de honte à l'avance.

Pourtant, j'aurais bien aimé me confronter à la magie souveraine de l'écriture et laisser le destin s'accomplir selon ses propres règles, auxquelles, il faut bien le reconnaître, nous ne comprenons pas grand-chose, mais je ne peux pas prendre le risque d'échouer. Donc je lui écris :

Je viens de découvrir votre lettre par laquelle vous menacez d'assassiner mon chien. Si vous persistez dans cette idée, aussi folle qu'atroce, soyez devant le rond-point de Saint-Roch, lundi 6 mai à 8 h 30. J'y serai, moi aussi, accompagnée de Paul, afin de laisser s'accomplir la destinée, la sienne, la mienne et peut-être la vôtre.

Pendant que je glisse cette lettre dans une enveloppe et que j'écris l'adresse de l'hôtel du village où j'ai appris par « Maigret » qu'il s'était réfugié, je me dis, comme ça m'arrive parfois, que je vais aller au bout et que je déciderai, au dernier moment, de la faire partir ou bien de la déchirer.

Ce qui me gêne, c'est de me dire que je lui ai écrit et, pire encore, qu'il pourra le proclamer, lui aussi, en montrant ma lettre à je ne sais qui. D'un autre côté, quelle est la probabilité pour qu'il soit là, le matin du jour où on le prendra sur le fait, avec la gendarmerie et la presse ? Le temps, j'espère, est venu de nous voir, avec cet oiseau de malheur, et de nous affronter. À qui, à quoi confier le protocole de notre rencontre ?

Détruire cette lettre, ne pas l'envoyer, qu'il soit là ou non, dépend d'un ordre qui nous dépasse tous les deux. Qu'il veuille ma mort, cela ne fait aucun doute, il a même failli y parvenir. Aujourd'hui, il m'a retrouvée et je sais que son but est toujours le même. Cette façon désinvolte qu'il a de le déplacer sur l'exécution de mon chien n'est qu'une marque d'ironie et de dédain à mon égard. À ses yeux, ma vie ne pèserait pas plus que celle d'un animal.

Si je la lui envoie, cette lettre, cela signifiera que j'en suis à prendre des précautions avec le destin. Il est évident que s'il la reçoit, cela augmente considérablement la probabilité de sa présence, et de l'efficacité du piège dans lequel je l'attire. La traduction de cette pensée en termes religieux signifie que je prends des précautions avec la volonté divine et que je ne me laisse pas traverser par elle comme l'exigerait le caractère absolu de ma croyance.

Est-ce bien ? Est-ce mal ? En fait, je ne me pose jamais cette question. Dès lors que la chose est écrite, elle entre dans l'ordre de ce qui peut advenir, que ce soit bien ou mal. Raison pour laquelle il faut être particulièrement économe avec les mots qu'on prononce. Quand je reprends, dans la lettre, « égorger Paul », c'est terrifiant, et je voudrais que ces mots ne soient jamais dits. Tant que ce n'est pas écrit, ça n'existe pas. Pour chasser le mauvais sort, j'attrape le flacon de *La Petite Robe noire*, et je dépose deux gouttes à l'intérieur de mes poignets.

Une voiture vient de se garer devant chez moi, et je vois en sortir le commissaire à qui j'avais pourtant interdit de chercher à me revoir. Je m'apprête à ouvrir la porte pour lui dire qu'il n'est pas le bienvenu, lorsque je découvre qu'il n'est pas seul et qu'un monsieur, tout de gris vêtu, l'accompagne. Après avoir levé les mains pour s'excuser de son intrusion, il se précipite afin de me présenter cet homme : c'est lui, un notaire, qui me cherchait. Ce dernier sort alors de sa poche une lettre qu'il me remet, je reconnais l'écriture. Il ajoute qu'elle devait m'être remise le jeudi 2 mai de cette année, en mains propres. Je vois qu'elle est datée d'il y a sept ans.

Je désire, mon amour, que ces mots te parviennent des années après que j'aurai quitté ce monde. Toi qui aimes tant les signes, vois dans ce geste l'empreinte du lien éternel qui existe entre nous.

Si tout se passe comme je l'imagine, aujourd'hui, tu recevras cette lettre à l'occasion de l'anniversaire de notre rencontre, ce jour où la fatalité s'est abattue sur moi, ce jour où tu m'as aidé à me relever, m'empêchant de sombrer.

C'est important pour moi d'être sûr que tu recevras mon message et qu'ainsi, à mon tour, je pourrai faire quelque chose pour toi. En quittant la scène, j'ai compris que tu pourrais être livrée à toutes sortes de vicissitudes.

Un jour, tu m'as demandé si je t'attendrai, là où je serai, dans l'éventualité où je devais partir avant toi. Si tu lis cette lettre, c'est le cas.

Mon instinct me dit que ces années passées n'ont pas dû être faciles tous les jours. Portes-tu toujours le bracelet que j'ai dessiné pour toi ? Le jour où je te l'ai offert, tu m'avais demandé, l'air pensive : « Pourquoi ce mot : Disparaître *? »*

Je l'ai choisi parce que c'est, sans doute, celui qui correspond à ton aspiration la plus profonde, celui qu'on trouve entre les deux rives du fleuve, celui qui descend le courant vers la mort, mais aussi qui le remonte avec, au bout, une seconde vie possible.

Et Paul ? A-t-il disparu, lui aussi ? J'ai voulu qu'ils t'accompagnent, tous les deux, ce petit chien roux que je t'ai offert et ce bracelet, ils doivent, mieux que moi, te protéger contre tout.

Après avoir lu la lettre, debout devant la porte, je remercie le notaire et salue le détective. Tout est prêt. D'ici lundi, je ne veux plus voir personne.

Je ne me suis jamais sentie aussi sereine que pendant ces trois jours de solitude absolue, même si Paul ne m'a pas quittée une seconde des yeux, persuadé que son rôle était, plus que jamais, de veiller sur moi.

J'en profite pour nettoyer la maison de fond en comble. Je parcours les pièces, un sac plastique à la main où je jette tout ce que je ne veux plus voir. J'adore faire ça. Je me surprends parfois à y balancer des objets que je trimballe depuis des années. Ensuite, je me sens si soulagée. Comment ai-je pu garder tout ça aussi longtemps ?

Il faut, pourtant, faire attention. Les objets savent nous jouer des tours. Ils sont là, présents depuis tant d'années qu'on ne les voit plus. Et puis, tout à coup, une parole, un rayon de lumière, et ils apparaissent dans leur clarté, révélant une existence qu'on n'aurait jamais soupçonnée chez eux.

À force de tout passer au Kärcher, y compris mes neurones, j'ai peut-être moi-même provoqué ces trous qui ont criblé le tamis de ma mémoire.

Maintenant que tout se remet en place, j'arrive à faire les deux : d'une part, jeter, et me souvenir, d'autre part, de ce que j'ai jeté.

Pourquoi avoir gardé certains de ces objets qui m'ont suivie jusqu'ici alors que je m'étais promis de rompre avec tout et d'arriver au Vieux-Pressoir les mains dans les poches ?

Tandis que je consacre le week-end à ce grand ménage, je fais une pause, de temps en temps, je prends un objet entre mes mains, je m'installe avec lui devant la cheminée, et j'attends d'entendre ce qu'il a à me dire.

Ainsi, cette chouette de bronze que j'ai toujours appelée la « chimère » car c'est un drôle d'oiseau qui n'a jamais existé dans la nature. Sa tête se sépare de son corps et lui sert de bouchon. Il s'agit, probablement, d'une urne funéraire. Une légende veut que cet oiseau aux grands yeux ronds ait eu le pouvoir de transporter l'âme des défunts dans l'autre monde, leur permettant de se réincarner, un jour ou l'autre. J'essaie de converser avec elle, mais dans quelle langue ? Je demande à Paul de faire l'interprète chinois, mais ce chien ne parle que le japonais.

Je reste aussi, un bon moment, à observer de près cette horloge dont les deux aiguilles flottent, suspendues dans le vide. Seul un grand illusionniste pourrait expliquer par quel miracle elles tournent les heures et les minutes sans qu'il soit possible de voir le mécanisme qui les fait avancer. Il y a aussi cette femme, nue, sculptée dans du buis, avec trois enfants qui s'accrochent à elle, l'un d'eux lui tire le sein droit, les autres s'agrippent à chacune de ses jambes. Je serais curieuse de recevoir ses confidences.

Ceux-là et quelques autres, j'aimerais bien les garder, car je les ai toujours connus, aussi loin que je m'en souvienne, depuis l'enfance. C'est seulement maintenant que je me pose des questions à leur sujet. Avec ma bibliothèque, c'est un peu différent, sauf pour les livres d'art où je trouve parfois la réponse à certaines énigmes. Il est souvent trop tard quand je finis par comprendre leur mystère, les objets ont déjà disparu.

Mon rapport avec eux a toujours été particulier, ils savent comment me trouver et je sais que je ne dois surtout pas les chercher. J'ai toujours été fascinée par ces collectionneurs qui ont amassé des centaines d'œuvres dans leur recherche obsessionnelle et qui, arrivés au bout, n'en poursuivent plus qu'une seule, un livre, un tableau, un dessin, une sculpture, pour lequel ils seraient prêts à sacrifier tout le reste de leur collection.

Plongée dans mes livres d'art et de curiosités que je feuillette en écoutant des vieux vinyles de musique classique que je conserve précieusement, je regarde les images dans lesquelles je découvre toujours des fantasmagories. J'ai fait une pile, sur la table basse, de mes favoris : les annonciations de la renaissance italienne, Degas, Picasso, Matisse, Bacon, en écoutant *Pierre et le loup* comme quand j'étais petite.

Combien de temps ai-je pu rester ainsi, je n'ai pas senti la frontière entre le jour et la nuit. Soudain, comme tirée brusquement d'un long sommeil, je me lève et commence à chercher Paul. Je l'appelle, je monte à l'étage, je répète dix fois son nom, je cherche dans les moindres recoins. Pas de Paul. Je finis par sortir. Il fait nuit. On doit être dimanche déjà. Je hurle son nom. Où es-tu ? Qu'est-ce que tu fabriques ? Pour seul écho : le silence profond d'une nuit sans lune.

Je retourne chercher un manteau et une lampe de poche et, morte d'inquiétude, je descends vers le village. Je l'appelle régulièrement, mais rien à faire, il a disparu.

De retour, exténuée, glacée de sueur, après trois heures de marche dans la brume gelée, je m'effondre sur le lit tout habillée. Je fonds en larmes, puis je m'endors, terrassée par le chagrin. Je ne sais pas où est passé Paul et pourtant, le sommeil est le plus fort. Peut-être est-ce là où je dois le chercher. Je suis sûre que cet animal connaît la géographie des terres oniriques et sait comment y trouver une cachette.

Il y a souvent, à la fin de mes livres, un rêve qui surgit pour m'apporter la clef d'énigmes non élucidées. Depuis que ma mémoire revient, j'ai rendez-vous, chaque nuit, avec un songe récurrent.

J'avance dans une impasse déserte. Arrivée à un portail de couleur verte avec une belle poignée de cuivre, j'appuie trois fois sur le bouton H.H.H. Ça s'ouvre. Au rez-de-chaussée à droite, je soulève le tapis où sont inscrites les trois mêmes lettres, apparaît une clef que je glisse dans la serrure, et hop ! la porte s'ouvre.

J'entre dans un appartement qui me semble à la fois immense et obscur. C'est étrange, mais j'ai l'impression que ce lieu, qui doit faire plusieurs centaines de mètres carrés, est complètement vide et pourtant, se dégage de lui un aspect chargé.

Du fond de l'entrée monumentale, j'entends un bruit régulier, comme des chaussons qui glissent sur le parquet, et s'approchent sans que je puisse distinguer celui qui vient me rejoindre.

Il apparaît tout à coup dans un trait de lumière et je le reconnais, bien qu'il soit méconnaissable, mon harceleur. Je me dis : « Quel coup de vieux il s'est pris dans la figure ! » Autrefois, il faisait peur, on voyait bien la folie dans les traits de son visage, mais ça lui donnait un côté ténébreux. Tout cela a disparu, comme si le temps s'était accéléré. Il ne reste plus qu'un petit bonhomme rondouillard, quasiment chauve, laissant prendre son ventre rebondit qui l'empêche de refermer la ceinture du peignoir en pilou dans lequel il déambule. Je l'observe de plus près. C'est bien lui. Mais que lui est-il arrivé ?

Sans dire un mot, il m'invite à le suivre. Nous arrivons bientôt dans ce qui doit être la pièce principale aux dimensions d'une salle de bal. Il me semble l'avoir remarqué dans l'entrée, tous les tableaux sont accrochés aux murs, mais à l'envers. On ne distingue que des étiquettes collées au revers des œuvres pour des expositions, et pour informer les galeristes et autres commissaires-priseurs sur l'artiste, le titre et l'année de réalisation.

La pièce est très mal éclairée, et le plafond particulièrement haut est plongé dans l'obscurité. Seul un tube de néon bleu y est installé formant le mot *Disparaître*, tel un Dan Flavin. À côté des peintures à l'envers, je distingue des cordages, accrochés à des bras en bronze qui sortent des murs. En suivant des yeux la ligne des cordes jusqu'en haut, je découvre que tous les meubles de la pièce sont suspendus au plafond, la tête vers le bas. Il faudrait, pour s'asseoir dans un de ces sièges, décrocher son cordage et le faire descendre jusqu'au sol après l'avoir retourné.

Dans mon rêve, je reconnais bien cet endroit. Je l'ai connu tout au long de ma vie, j'y ai même passé une partie de mon enfance, mais tout y était à l'endroit, c'était particulièrement beau et lumineux, chaque objet y étincelait. Là, tout a été pris en otage par mon harceleur devenu vieux, l'ensemble, comme lui, est sinistre et mon cœur bat la chamade, prêt à capituler.

Depuis quinze jours, je refais ce même songe et je n'arrive pas à le comprendre. Déjà, Paul n'y est pas. Ce n'est pas dans cet étrange rêve qu'il est parti se dissimuler. Mais je me pose la question : « Qu'est-ce qui y est caché ? » C'est peut-être toute la collection qui a été prise en otage. Toutes ces choses, tous ces objets, qui ont, eux aussi, disparu.

J'entends alors une voix, venue d'on ne sait où, qui me dit : « Cherche l'objet enseveli dans la collection et tout s'illuminera. » À chaque fois, au moment où je vais poser une question pour tenter de découvrir cet objet mystérieux, je me réveille en sursaut.

Il doit être 8 heures Mon chien n'est toujours pas revenu. Je ne peux pas rater ce rendez-vous que j'ai moi-même fixé. Je me change et glisse le bracelet à mon poignet droit. J'attrape le collier et la laisse de Paul, et je pars vers le rond-point de Saint-Roch.

Arrivé à la Clio, je m'assieds sur le siège conducteur et, en regardant dans le rétroviseur, je découvre Paul qui m'attend tranquillement sur la banquette arrière.

Quand j'ai compris tout ce que la police scientifique pouvait découvrir dans un vieux véhicule, je me suis dit qu'il serait plus prudent de cacher la voiture dans ma grange. La nuit dernière, pour préparer ma rencontre décisive avec le fou, je l'ai remise à sa place, comme si elle n'avait jamais bougé. Pour ce genre de détraqué, le moindre changement peut déclencher une crise.

Je touche au but, celui que je me suis donné il y a trois semaines. C'était la condition pour me libérer de cette histoire : être capable de l'écrire dans ses moindres détails. Je n'ai jamais été aussi proche d'atteindre mon objectif.

La gendarmerie et la presse, qui doivent m'observer, dissimulées pas loin, ont certainement fouillé le véhicule que j'ai replacé dans la nuit, découvert Paul sur le siège arrière, sans laisse et sans collier. Ils ont probablement noté que les clefs de la Clio étaient posées sur le tableau de bord.

Comme s'il s'agissait d'un signal, je les prends et les brandis pour bien montrer que je les ai. Puis je fais démarrer le moteur et je le laisse tourner.

Je ne sais pas pour les autres, mais pour le harceleur, le signal a bien fonctionné, il se précipite vers la voiture dont il ouvre la portière droite et s'installe sur le siège à la place du mort. Il ne ressemble pas encore à l'homme de mon rêve, mais il en prend le chemin. Je remarque que son visage est bouffi, j'ai l'impression que ses dents se déchaussent et que sa calvitie remonte en formant deux pointes sur le front.

Je lui dis qu'il a changé, qu'il n'a plus rien du monstre qui hantait mes nuits. Je lui demande, à plusieurs reprises, ce qui lui est arrivé pour être dans cet état. Il reste engoncé dans son silence.

En le regardant, je me demande comment cet être, aspiré par sa propre déchéance, a pu détruire une partie de ma vie, envahir mon sommeil et me pousser jusqu'à une forme médicalisée de suicide. Quand je le regarde dans cette voiture, je le trouve misérable.

Soudain, ses yeux changent de couleur, il m'attrape le bras droit qu'il tord jusqu'à ce que le bracelet tombe à ses pieds. Il se met à hurler, à m'insulter, répétant sans cesse que je lui ai volé ce bijou. Autrefois, de telles scènes me pétrifiaient de terreur et me laissaient paralysée, incapable de prononcer un mot. Aujourd'hui, plus rien ne m'impressionne, ça ne me fait plus aucun effet. J'essaie de l'interroger, de lui demander pourquoi, à cause de quoi, il a nourri une telle haine à mon endroit. Ses réponses sont décousues, impossible d'y trouver un fil cohérent, il n'y a plus chez lui qu'un délire continu et répétitif, comme une machine qui se serait déréglée.

Paul, voyant qu'il m'a saisi le bras, lui saute dessus et tente de le mordre au niveau de la jugulaire. Le fou sort alors un grand couteau comme ceux qu'on voit dans les restaurants japonais maniés avec dextérité par le cuisinier pour découper du poisson. Sauf qu'en l'occurrence, c'est moi dont il s'apprête à faire de fines tranches.

Il se met à hurler :

« Tu veux savoir pourquoi ? Tu veux comprendre ? Je vais te le dire, écoute bien ce mot : tu es coupable ! Tu entends : coupable ! Et d'ailleurs, c'est la raison pour laquelle je vais te réduire à l'état de lambeaux ! »

Les forces de l'ordre choisissent ce moment pour prendre la Clio d'assaut. Après une bagarre acharnée, ils parviennent à le ceinturer et à faire tomber son arme sur le sol. Il est désormais allongé sur le ventre, menotté dans le dos, maintenu par trois gendarmes.

Je revois tout le déroulement du piège dans lequel je l'ai fait tomber. Je repense à mon achat sur Leboncoin où j'ai trouvé ce vieux panneau *DANGER EN RIVE* et le ferrailleur chez qui j'ai acheté cette Clio bleu nuit en état de marche, que j'ai fait apparaître et disparaître à volonté.

Le lieutenant arrive vers moi pour vérifier que tout va bien, que je n'ai pas été blessée. Le photographe continue à mitrailler la scène, dont il n'a pas perdu une miette. Il tente de me photographier seule, mais je l'oriente plutôt vers l'agresseur ou vers Paul qui, lui, sera heureux d'apparaître en une du journal.

Je remercie chaleureusement le lieutenant et ses hommes, les félicitant pour leur sang-froid et leur efficacité, puis salue Max et le photographe. J'aperçois, au loin, le détective et le notaire, je leur fais un petit signe de la main. Ayant attaché Paul, je l'entraîne lentement vers la maison, mais je sens qu'il est encore très excité par ce qui vient de se passer et que, comme toujours quand l'émotion le déborde, il tremble.

J'ai eu le temps de ramasser mon bracelet, de le remettre à mon poignet. J'ai jeté un dernier coup d'œil à mon cauchemar gisant à terre, j'ai compris que je le voyais pour la dernière fois, même en rêve, je sais qu'il ne reviendra pas.

Arrivée chez nous, je me prépare un café et je m'installe sur la grande table de la cuisine. Il ne me reste plus beaucoup de pages blanches. Je les utilise pour décrire avec précision la scène de ce matin. Elles vont rejoindre celles qui m'ont servi à écrire cette histoire depuis le premier jour.

Je glisse l'ensemble dans une grande enveloppe sur laquelle j'écris le nom et l'adresse de mon éditeur à Paris. Je colle dix timbres de la série des artistes célèbres, je sais qu'il en raffole. Paul saute de joie car nous allons ressortir.

À la poste, je vérifie que le montant des timbres couvre les frais d'envoi du paquet. Le postier me dit que ce serait peut-être plus prudent de l'envoyer en recommandé. Il colle un timbre supplémentaire et m'aide à remplir le bordereau. Je trouve toujours extraordinaire le sentiment de sécurité que me procure la poste. J'espère vraiment qu'elle ne disparaîtra pas.

Sur le chemin du retour, Paul semble voler. Moi, j'hésite entre hurler de joie et sangloter. Je regarde les lettres du bracelet scintiller dans la lumière.

« Il est mort ! Quoi qu'il arrive il est mort ! » Je me répète cette phrase comme un mantra. Je n'en reviens pas. Ma psy me l'avait dit : « L'imaginaire est bien pire que le réel. » Dit comme ça, cela paraît rempli de bon sens. Pourtant, le pouvoir de l'écriture ne relève pas que de l'imaginaire. Le sortilège des mots permet de tout ramener à l'état de poussière, de décrasser le réel, de le broyer, de s'en libérer.

Si *Danger en rive* devient un roman, j'aurai à tout jamais triomphé de mon harceleur. Il sera, pour l'éternité, prisonnier de mes pages. Il n'aura pas d'autre issue que d'aller brûler dans l'Enfer des bibliothèques.

Quoi qu'il ait fait pour tenter de me détruire, ce qui l'emportera, l'élixir le plus puissant, c'est ce mélange subtil de réel et d'imaginaire qui s'entrelacent dans les romans.

Au loin se dessine le Vieux-Pressoir. Paul n'est pas impatient de rentrer. Je fais un détour par la forêt, il se met alors à gratter la terre comme un forcené. Il creuse, rien ne semble pouvoir le détourner de cette obsession ; un trou se dessine sous ses pattes.

Il s'interrompt soudain, s'assied et me fixe de son regard orange. Je retire alors mon bracelet, je le dépose au creux de la terre, puis, à pleines mains, j'enterre, avec lui, le passé.

Du même auteur, suite

Le Chemin des sortilèges, Éditions Léo Scheer, 2008

Claude, Éditions Léo Scheer, 2009

Car ceci est mon sang, Éditions Léo Scheer, 2010

Le Fantôme du fauteuil 32, Éditions Léo Scheer, 2011

Laisser les cendres s'envoler, Éditions Léo Scheer, 2012 ; J'ai Lu, 2013

Maladie d'amour, Éditions Léo Scheer, 2014

Le Père-Lachaise, jardin des ombres, Michel Lafon, 2014

Place Colette, Éditions Léo Scheer, 2015

La Mémoire des squares, Michel Lafon, 2016

Ma vie sans moi, roman, Éditions Léo Scheer, 2017

Des reins et des cœurs, Éditions Léo Scheer, 2019

Roman, Éditions Léo Scheer, 2020

Achevé d'imprimer en mai 2021
sur les presses de la Nouvelle Imprimerie Laballery
58500 Clamecy
Dépôt légal : septembre 2021
N° d'impression : 105353
Imprimé en France